www.tredition.de

AF177166

Sophie Bernbach

Kopfsplitter

Roman

www.tredition.de

© 2018 Sophie Bernbach

Verlag und Druck: tredition GmbH, Hamburg

ISBN
Paperback: 978-3-7469-2816-6
Hardcover: 978-3-7469-2817-3
e-Book: 978-3-7469-2818-0

Umschlagmotiv: "Rot" von Frank Köhler

1

Am Himmel formieren sich Flugzeuge zur Landung. Am Boden steht der Graureiher im braunen Feld, unbewegt, schaut zurück in eine Vergangenheit, die lange vorbei ist und dennoch nicht vergehen will.

Ich sitze am Schreibtisch, halte eine Tasse Tee in der Hand, schaue nach draußen, sehe den Himmel und die Felder, die Flugzeuge und den Graureiher. Vor mir liegt ein Blatt Papier, daneben ein schwarzer Füller mit lavendelfarbener Tinte.

Niemand schreibt heute mehr mit einem Füller, ich auch nicht, das Papier bleibt weiß. Mein Kopf ist leer, nur nachts füllt er sich mit Geschichten, manchmal, wenn ich nicht schlafen kann, wenn ich den dunklen Himmel sehe, vor dem ein weiß-gelber Mond leuchtet, verhüllt von dünnen Wolken, als hätte ihn Caspar David Friedrich gemalt, seltsam nah und doch unerreichbar. Vor dieser Kulisse denke ich mir Geschichten aus, Worte aus Nebel, sie geistern durch den Kopf und verschwinden wieder, bevor ich sie festhalten kann.

Jeder schreibt heute, das geht leicht mit einem Laptop, aber nicht mit einem Füller, nicht mit lavendelfarbener Tinte. Ich schreibe auch nicht, beobachte die Flugzeuge und den Graureiher, trinke Tee, Arabische Nacht heißt er, ein Name wie eine Geschichte, aber das Papier bleibt weiß.

Dann nehme ich doch den Füller in die Hand, schraube die schwarze Kappe ab, schaue die elegante Feder an, sie läuft spitz zu, natürlich, und wenn man genau hinsieht, kann man die lavendelfarbene Tinte ahnen. Den Füller halte ich in der Hand, senke ihn, bis die Feder dicht über dem Papier ist. Aber ich schreibe nicht, nicht mit dem Füller. Ich möchte schreiben, aber Worte gelangen nur in den Laptop, ich arbeite an dem, was man mir aufträgt, kleine Texte, die irgendjemand haben will. Nur nachts tauchen Geschichten im Kopf auf und Gedanken, als ob es das Tagebuch nicht gegeben hätte, das Tagebuch des Kindes, ein Geschenk zum Geburtstag, ein Heft mit hässlichem grünem Einband.

Das Kind hält den Füller in der Hand, den blauen Schulfüller mit blauer Tinte, schreibt in runden Buchstaben, was es nicht sagen darf, was niemand wissen will. Mädchen haben keine Geheimnisse, haben nichts zu sagen.

Es sitzt an dem Schreibtisch, der an der Wand steht, schaut auf die Tapete, die braun ist über dem Schreibtisch, schaut auf das Tagebuch, auf die erste Seite, Buchstaben in runder Kinderschrift reihen sich zu Worten, Worte werden zu Sätzen, sprechen von dem, was nicht ist, was nicht sein kann. Das Kind darf nicht darüber sprechen, es ist nicht geschehen, es darf nicht geschehen sein, niemand darf davon wissen, niemand will es hören. „Niemand wird dir glauben, wenn du darüber sprichst", hat der Vater gesagt. „Wenn du es doch tust, kommst du in ein Heim. Dort wirst du allein sein, das willst du doch nicht."

Das Kind hält den blauen Schulfüller in der Hand. Es spricht nicht, redet mit niemandem, geht zur Schule, lernt lesen und schreiben. Es spricht nicht, schreibt nur mit dem Füller blaue Buchstaben in runder Kinderschrift.

„Du weißt, was geschieht, wenn du darüber sprichst", hat der Vater gesagt und mit der Hand über den Hals des Kindes gestrichen. Auf dem Hals lagen die Hände, die Hände des Vaters, als das Kind in der Badewanne lag. Damals konnte es noch nicht lesen und schreiben.

Das Wasser war zu heiß, der Vater hatte das Kind in die Badewanne gestoßen, seine Hände lagen auf dem Hals des Mädchens, drückten es nach unten, drückten den Kopf unter Wasser. Den Vater sah es über sich und gelbe Kacheln, bis die Welt keine Farben mehr hatte und verschwand.

Ich weiß nicht, wie das Kind auf die Idee gekommen ist, dass ein Tagebuch der richtige Ort für seine Buchstaben sein könnte, dass es hilft, wenn man Worte zu Papier bringt, die durch den Kopf geistern und nicht verschwinden wollen. Niemand schreibt Tagebuch, die Eltern nicht und nicht die Großeltern, auch die Lehrerin hat nie davon gesprochen. Das Heft muss als Auslöser gereicht haben mit seinem Schloss und dem kleinen silbernen Schlüssel. „Alles, was du auf diese Seiten schreibst, ist geheim", sagte der Urgroßvater, als er das Geschenk überreichte.

Das Kind schlägt das Heft auf, das es bekommen hat, um über die Sommerferien zu schreiben oder über ein Buch, das ihm besonders gefällt. Das Kind hat aber anderes im Sinn, nimmt den Schulfüller in die Hand, schreibt blaue Buchstaben in runder Kinderschrift. An die Worte, die es in das Heft mit dem hässlichen grünen Einband schreibt, erinnere ich mich nicht, nicht genau. Es sind andere Worte, an die ich mich erinnere, heute noch, *Kasperle fährt im Kasperleauto*, das erste Diktat in runder Kinderschrift, seltsam kompliziert, lange geübt. Man lernt, wie man den Stift hält und Linien folgt, wie man Buchstaben aneinanderreiht, wie aus ihnen Worte werden und Sätze, die nie zuvor jemand gesprochen hat, und dann werden die Badewanne, das heiße Wasser, die Hände des Vaters Buchstaben, Worte finden ihren Weg auf weißes Papier, Sätze, die es nicht geben darf. Sie machen keinen Sinn, das alles hat es nicht gegeben, das Kind hat eine böse Fantasie.

Es geht zur Schule, lernt lesen und schreiben, übt *Kasperle fährt im Kasperleauto*, macht keinen Fehler, schreibt ordentlich, was ihm diktiert wird, und dann schreibt es blaue Buchstaben in ein Heft mit hässlichem grünem Einband, nie gesprochene, verbotene Worte.

Das Kind schraubt die Kappe auf den Schulfüller, klappt das Tagebuch zu, verschließt es mit dem kleinen Schlüssel, trägt ihn an einer silbernen Kette am Hals.

Am nächsten Tag setzt sich das Kind wieder an den Schreibtisch, nimmt die silberne Kette ab, die es um den Hals trägt, öffnet das Tagebuch mit dem kleinen Schlüssel, schaut auf die beiden Seiten, die es mit blauen Buchstaben beschrieben hat, schaut auf die Wand. Das Kind nimmt den Schulfüller in die Hand, schraubt die Kappe ab, schreibt Buchstaben, Worte, neue Sätze in das Tagebuch.

Am Anfang waren eine Badewanne und die Hände des Vaters, sie werden zu Buchstaben, Worten, Sätzen, die eine Kinderhand in Kinderschrift in ein Tagebuch schreibt. An einzelne Worte erinnere ich mich nicht, weiß aber, dass es um die Badewanne ging und den Vater, frage mich, wie man Buchstaben findet, wie fügen sie sich zu Worten zusammen, wie machen sie Sinn? Man lernt das in der Schule, ein Kasperle fährt im Kasperleauto, man sagt es, dann schreibt man Worte auf Papier, und schon ist man fertig, muss nicht wissen, woher die Sprache kommt, wie Sinn und Bedeutung entstehen.

Wieder schraubt das Kind die Kappe des Füllers zu, verschließt das Tagebuch, legt die Kette mit dem silbernen Schlüssel um den Hals, versteckt das Heft in der Schreibtischschublade.

Am nächsten Tag steht die Mutter vor dem Schreibtisch, hält das Tagebuch in der Hand, das Heft mit dem hässlichen grünen Einband. Es ist geöffnet, obwohl das Kind den Schlüssel an der silbernen Kette am Hals trägt.

Die Mutter hat das Tagebuch geöffnet, das Kind versteht nicht, was geschehen ist, es müsste verschlossen sein, aber das ist es nicht. Die Mutter hat es geöffnet, es muss leicht gewesen sein, denke ich heute, ein Daumendruck genügte, es ist billige Ostware, so heißt damals, was Verwandte aus der DDR mitbringen.

Peter Rühmkorf hat seine Tagebücher *Tabu* genannt, das weiß das Kind nicht, hat nie darüber nachgedacht, dass ein Tagebuch aus der DDR nicht tabu ist, nicht tabu sein kann. Das Kind war erst einmal dort, hat nichts verstanden, nur, dass es die Klappe halten soll. Es hält seine Klappe, schreibt blaue Buchstaben, die geheim sind, verschlossen in einem Tagebuch mit hässlichem grünem Einband aus der DDR.

Die Mutter hat es gefunden, sie hat es geöffnet, sie liest, was sie nicht lesen darf. Es ist geheim, das Kind versteht nicht, warum die Mutter das tut, warum sie das Tagebuch nicht schließt und in die Schublade legt. Die Mutter ist so wütend, dass sie kaum sprechen kann. „Wie kannst du nur, wie kannst du nur so etwas schreiben, was bist du für ein Kind, womit habe ich das verdient, du zerstörst alles, was wir haben."

Das Kind versteht nicht, was es falsch gemacht hat. Es hat nichts gesagt, mit niemandem gesprochen, hat nur blaue Buchstaben in ein grünes Heft geschrieben. „Jetzt komm mir nicht so", schreit die Mutter. „Du bist ein durchtriebenes Luder, ein Miststück, das niemand will, ich will dich auch nicht."

Sie reißt die beschriebenen Seiten aus dem Tagebuch, stößt das Kind vor sich her, die Treppe nach unten bis in die enge Küche, Siebziger-Jahre-Einbauschränke aus weißem Plastik, Pril-Blumen leuchten von den Kacheln.

Die Mutter legt die beschriebenen Tagebuchseiten in das leere Spülbecken, holt eine Schachtel aus der Besteckschublade, zündet ein Streichholz an, hält die Flamme an das Papier. Die blauen Buchstaben werden braun und mit Wasser gelöscht. Die Asche spült die Mutter in den Abfluss. Die übriggebliebenen weißen Seiten und den grünen Einband wirft sie in den Müll.

Zum nächsten Geburtstag kommen wieder Verwandte aus der DDR, wieder schenkt der Urgroßvater ein Tagebuch mit hässlichem grünem Einband und silbernem Schlüssel. „Freust du dich nicht über das Tagebuch? Letztes Jahr hast du dich gefreut", sagt die Urgroßmutter aus der DDR. Das Kind weiß nicht, was es antworten soll. Die Mutter zieht die Augenbrauen hoch.

„Doch ich freue mich." Das Kind legt das Tagebuch zu den anderen Geschenken.

„Du kannst es benutzen, um Autokennzeichen aufzuschreiben", sagt die Mutter.

Am nächsten Tag nimmt das Kind das Heft mit dem hässlichen grünen Einband und einen Kugelschreiber in einer kleinen Tasche mit, geht zur Bundesstraße, füllt die weißen Seiten mit immer noch runder Kinderschrift, die Mine des Kugelschreibers ist blau. Die meisten Autos kommen aus dem Heimatort. Das Kind wartet auf die wenigen aus Hamburg und Berlin. Es hat von den großen Städten gehört, weiß, dass man sie erreicht, wenn man der B4 nur lange genug folgt und anderen Straßen. Das Kind schreibt die Kennzeichen auf, versteckt die aus Hamburg und Berlin zwischen den anderen, zwischen den Kennzeichen aus der Heimatstadt, einem Ort im Zonenrandgebiet, am Ende der Welt.

2

Jeder schreibt heute, das geht leicht mit dem Laptop, man fügt Buchstaben aneinander, muss nicht nachdenken, das geht von allein. Ich schreibe auch, formuliere Sätze für Auftraggeber, über Texte, die andere geschrieben haben. Ich kenne den Markt, in dem Worte zu Büchern werden, weiß nur nicht, warum ich nicht schreiben kann, nicht wirklich, weiß es doch, weiß, warum Gedanken im Kopf hängen bleiben, nachts, wenn ich zum Mond schaue und mich frage, warum ein Kind auf die Idee gekommen ist, ein Tagebuch zu schreiben, was es sich davon versprochen hat, Worte zu bilden, Sätze, die niemand hören wollte, hören durfte.

Ich kann nicht schreiben, weil dieses Kind so blöd war, ein Tagebuch führen zu wollen. Seinetwegen sitze ich hier jeden Tag, halte eine Tasse Tee in der Hand, Arabische Nacht, schaue auf den schwarzen Füller mit lavendelfarbener Tinte, auf das Blatt Papier, das weiß bleibt, jeden Tag, schaue zum Himmel, an dem sich Flugzeuge zur Landung formieren, schaue über Felder, in deren braunen Furchen Krähen hocken. Ich höre sie nicht, aber ich weiß, dass sie krächzen, dass sie lachen über das dumme Kind, lachen über mich, weil ich am Schreibtisch sitze, jeden Tag, aber das Papier bleibt weiß.

Ich klappe den Laptop auf, schreibe über Bücher, die von anderen stammen, schreibe die nächste Auftragsarbeit, nichts, was wichtig ist, weil in meinem Kopf ein Tagebuch feststeckt, das ich zu Ende schreiben muss, aber nicht zu Ende schreiben kann. Heute habe ich Krimis im Visier, doch, das mit dem Visier schreibe ich, das gehört dazu. Ich schreibe über Bücher von Frauen, die längst in der Männerdomäne angekommen sind, launig und lustig morden wie ihre männlichen Kollegen oder ebenso ernst und grimmig, mit den Mitteln des Unterhaltungsromans die Wirklichkeit spiegeln. Ich will mich nicht damit befassen, längst ist es kein Thema mehr, dass Frauen Krimis schreiben, Agatha Christies Nachfolgerinnen sind Legion. Ich weiß nicht, was dieser Text soll über Krimis von Frauen, ich hätte dem Redakteur absagen sollen. Die Autorinnen schreiben über Gewalt an Kindern, in Bangalore wie in Palermo und in der deutschen Provinz, über Jugendliche, die allein aus ihrer Heimat fliehen, über Kinder, die nicht weit von Zuhause entführt werden, über andere, die Zuhause sind und trotzdem nicht in Sicherheit.

Was nützt es, wenn sie Krimigeschichten darüber schreiben? Was hilft es Kindern, wenn ich auf dem Sofa sitze bei einer Tasse Tee und lese, dass ihre Körper und Seelen zerstört werden? Was nützt es ihnen, dass ich über sie nachdenke und mich frage, warum der Mensch so geworden ist, wie er ist, so gewaltbereit, so zerbrechlich, warum die Evolution keinen anderen Weg mit der Psyche eingeschlagen hat? Was nützt es Kindern, dass ich nachdenke über Männer, die sie fertig machen, ohne mit der Wimper zu zucken, über Frauen, die das zulassen oder selbst Hand anlegen? Warum tun sie das? Warum sitze ich auf meinem Sofa und lese Bücher, die niemandem helfen? Vielleicht helfen sie doch, und ich verstehe es nur nicht.

Den Text maile ich in die Redaktion, den Artikel über Krimis von Frauen, engagierte Bücher und andere Titel, die in fremde Länder, in Urlaubsregionen entführen sollen. Ich frage mich, ob mal jemand nachgedacht hat über den Begriff Wohlfühlkrimi, diese dutzendfachen Morde in idyllischen Landschaften, Gewalt zur Unterhaltung, spannende Geschichten von Autoren, die so abgeklärt das Wort Trauma in den Mund nehmen, als ob sie Halsschmerzen meinen.

Wir haben heute also schlechte Laune, sagt die Stimme in meinem Kopf. Kein Wunder, dass deine Texte nichts taugen. Man sollte das Sujet schon mögen, über das man schreibt.

Ich sollte zu Hause bleiben, mich mit einem Wohlfühlkrimi ablenken und mit einer Tasse Tee, vielleicht Orangenblüten statt Arabische Nacht. Ich klappe den Laptop zu, ziehe eine Jacke an, es ist überraschend kühl an diesem Augusttag. Der Himmel aber ist blau mit weißen Wolken, die Luft trocken wie nur selten am Rhein. An Einfamilienhäusern gehe ich vorbei, die Fassaden sind weiß, die Hecken gestutzt, der Rasen ist gemäht.

Heute ist Donnerstag, heute bleiben die Rasenmäher in den Schuppen, gemäht wird am Freitag, wenn es nicht regnet, sonst muss man ausweichen auf einen anderen Tag. Ein Auto fährt vorbei, ich kenne die Fahrerin nicht, kenne niemanden, wohne hier nur, gehe weiter am Schwarzbach vorbei, an der Wirtschaft, die mit immer neuen Pächtern aufwartet, überquere die Straße, gehe durch das Tor in den Park, vorbei an dem Schloss mit seinen rosafarbenen Fassaden und dem Schlossgraben mit dem dunklen Wasser. Immer wieder wird das Gebäude für viel Geld saniert, aber keiner will es haben. Niemand kann etwas anfangen mit einem Schloss, das aus der Zeit gefallen ist. Die rote Gräfin lebte hier, trennte sich von ihrem Mann, der ihr die Luft zum Atmen nahm, in einem langen Krieg, als Scheidungen noch nicht salonfähig waren, kam Ferdinand Lassalle nahe, ausgerechnet dem Arbeiterführer.

Lisa wird schon auf mich warten. Für den Krimitext habe ich zu viel Zeit gebraucht, ich hätte das Fahrrad nehmen sollen. Sonst bin ich nie zu spät, ich weiß nicht, was heute mit mir los ist, hoffe, dass es Lisa nichts ausmacht, dass sie über den Rhein schaut und ihre Gedanken mit ihm fließen lässt. Er ist hier schon weit und offen, so viel größer als der Fluss in unserer Heimatstadt, der dunkel unter Bäumen mäandert, so habe ich ihn in Erinnerung und sie auch.

Es war seltsam, als wir feststellten, dass wir aus derselben Stadt kommen. Lisa hat wenige Meter entfernt von meiner Schule studiert, ein paar Monate nur, nicht einmal zwei Semester. Fast gleichzeitig ließen wir die Stadt mit dem kleinen dunklen Fluss hinter uns. Sie kam direkt an den Rhein, ich nahm einen Umweg über die Lahn, bin später hier gelandet, als Lisa sich schon ein neues Leben aufgebaut hatte, ein neues Leben mit einem neuen Namen.

In der Heimatstadt hielt man sie für tot, sie wurde ermordet, hieß es, auch wenn die Leiche nie gefunden wurde. Was soll man sonst glauben, wenn eine junge

Frau verschwindet, weg ist mit einem Mal, keine Papiere hat und kein Geld, und dann gibt auch noch einer zu, dass er Lisa getötet hat, nachdem er wegen eines anderen Verbrechens gefasst worden war. Später widerrief er den Mord an ihr, aber niemand glaubte ihm.

Lisa schaute mich fragend an, als sie mir ihre Geschichte erzählte, die Geschichte ihres Verschwindens. Ich wusste nicht, was ich sagen sollte. Ich hielt sie nicht für verrückt, nicht für rücksichtslos, halte sie auch heute nicht dafür, denke nicht, dass sie ihrer Mutter das nicht hätte antun dürfen, ihre Mutter hätte ganz anderes verdient. Das habe ich nicht gesagt, habe lange überhaupt nichts gesagt, habe nur über den Rhein geschaut, der groß und weit Richtung Meer strömt, während der Fluss in unserer Heimatstadt dunkel und klein unter Bäumen mäandert.

Wenn ich etwas gesagt hätte, hätte sie gemerkt, wie gut ich sie verstehe. Das konnte ich nicht, ich kann nicht sprechen über eine Kindheit, die lange vorbei ist und doch nicht vergeht, nicht einmal mit Lisa kann ich darüber sprechen. Ich höre ihr aber zu, wann immer sie reden will über das, was sie nicht vergessen, nicht hinter sich lassen kann. Sonst gibt es niemandem, eine Therapie ist zu teuer für sie, sie müsste sie selbst bezahlen. Eine Krankenversicherung würde Spuren hinterlassen, würde zeigen, dass die Totgeglaubte lebt.

Als ob eine Therapie etwas ändern würde. Nichts macht die Vergangenheit ungeschehen, die Seele bleibt verstört. Das Gehirn ist zu vielem in der Lage, zu vielem aber auch nicht, und eine Kinderseele, die zersplittert ist, die Erinnerungen abkapselt und irgendwo vergräbt, wächst nicht wieder zusammen wie ein gebrochener Arm, meine Seele jedenfalls nicht.

Die letzten Häuser liegen hinter mir, vor mir taucht die flache Niederrhein-Landschaft auf, still und menschenleer, obwohl die Stadt nicht weit entfernt ist. Weiße Wolken ziehen über die Wiese, über vereinzelte Bäume mit grünen Blättern, über den umgestürzten Baumstamm, der übriggeblieben ist nach dem letzten Sturm. Im Deich wurden die Reste eines alten Bootes gefunden. Der Stadt ist es zu teuer, es bergen zu lassen.

Auf den gepflasterten Wegen ist niemand unterwegs, ich sehe auch niemanden am Strand auf der anderen Rheinseite. Nur von Lisas Bank entfernt sich jemand, geht nordwärts mit dem Fluss.

Sie sitzt still, rührt sich nicht, dreht nicht einmal den Kopf in meine Richtung, starrt geradeaus vor sich hin, rührt sich immer noch nicht. Ich hatte gehofft, dass sie nicht verärgert ist, ich bin nur ein paar Minuten zu spät. Ich verstehe nicht, was das soll, warum schaut sie mich nicht an?

Dann sehe ich das Blut. Es rinnt über ihren Hals, in Lisas Kehle ist ein Schnitt. Ich setze mich neben sie auf die Bank, verstehe nicht, was geschehen ist, bis ich das Bild doch erfasse, Lisa mit durchtrennter Kehle neben mir, bis mir der Mann in den Sinn kommt, der sich von ihrer Bank entfernt hat, aber er ist verschwunden.

Ich sitze neben Lisa, weiß nicht, was ich tun soll. Sie ist tot, doch noch ermordet. Dieses Mal gibt es eine Leiche, ich sitze neben ihr auf einer Bank am Rhein, wähle den Notruf, melde mich bei der Polizei.

3

Der Tatort ist abgesperrt, an dem weiß-roten Flatterband der Polizei stehen Passanten. Jetzt gibt es doch Menschen hier, sie wollen das Verbrechen sehen, die Leiche, die Tote, die niemand von ihnen gekannt hat. Ein Polizist hat meine Personalien aufgenommen. Ich bin ordentlich gemeldet, habe einen gültigen Ausweis.

Lisa hatte zum Schluss auch einen, fast jedenfalls, sie hatte ihn beantragt, doch noch, nach so vielen Jahren. Ihre Tarnung war aufgeflogen. So lange ist sie unter dem Radar geblieben, rief aber die Polizei, nachdem bei ihr eingebrochen worden war. Einen Personalausweis konnte sie nicht vorzeigen, ihr Name war falsch, stellte die Polizei fest, und nichts Besseres fiel den Ordnungshütern ein, als Lisas Geschichte der Welt in einer Pressemitteilung zu verkünden. Die Medien griffen sie auf, kein Journalist lässt sich eine solche Sensationsgeschichte entgehen. Ein Verbrechen war endlich aufgeklärt, wenn auch ein Mord, der nicht stattgefunden hatte, damals in unserer Heimatstadt. „Das geheime Leben des ‚Mordopfers'" titelte die Zeitung hier in der Stadt, in der sie Zuflucht gesucht hatte.

Die Polizei brachte Lisas Geschichte in die Öffentlichkeit und benachrichtigte die Eltern. Sie wollten mit ihr sprechen, mit dem verlorenen Kind, ihrem bösen Mädchen, das sie getäuscht hat all die Jahre, ihnen Kummer bereitet hat. Sie haben um sie getrauert, während sie es sich gut gehen ließ am Rhein und ihr Leben lebte, ohne an die Eltern zu denken, an all das, was sie durchmachen mussten. Das haben sie nicht gesagt, Lisa hat nicht mit ihnen gesprochen, sie hat sie dennoch verstanden.

„Ich hätte niemals die Polizei rufen dürfen", sagte sie. „Wie konnte ich nur so blöd sein?"

Ich verstehe, warum sie angerufen hat. Das Gehirn tickt aus, wenn jemand in ein Leben einbricht, in die Seele, in den Körper, in die Wohnung. Das Gehirn ist zu vielem fähig und doch viel zu fragil, unberechenbar, chaotisch, und immer hofft es auf Hilfe, selbst wenn es weiß, dass es Hilfe nicht gibt, schon gar nicht von der Polizei.

Ich verstehe, warum Lisa nach dem Einbruch die Polizei rief. Ich hörte ihr zu, sagte ihr, dass sie nicht mit ihren Eltern sprechen muss, wenn sie nicht will. Sie war in Panik und wollte erneut verschwinden. Ich riet ihr ab, ermutigte sie, einen Personalausweis zu beantragen, ihr Leben in Ordnung zu bringen, als ob das möglich wäre, als ob Ordnung in ein Leben kommt, wenn man die vorgeschriebenen Wege geht. Ich riet ihr, sich bei der Krankenversicherung zu melden, sich zu erkundigen, was man in ihrem Fall tun kann, eine Therapie zu beantragen. „Das wird dir helfen, bestimmt." Das habe ich gesagt, auch wenn ich mir nicht sicher bin, ob es so ist.

Mit meinen Therapien bin ich nicht weit gekommen, hoffte aber, dass es für Lisa anders sein könnte, dass es ihr besser gehen würde, dass sie ein Leben, dass sie ihr Leben findet. Jetzt ist sie tot, und ich bin schuld daran, weil ich sie davon abhielt, wieder zu verschwinden, weil ich ihr versicherte, dass ihre Eltern ihr nichts mehr tun können. „Du bist kein Kind mehr", sagte ich, „auch keine junge Frau, führst längst dein eigenes Leben. Lass sie reden, sie können dir nichts tun, du musst nicht mit ihnen sprechen."

Jetzt ist sie tot, weil ich mit den Krimis von Frauen nicht zurande kam, weil ich wieder einmal in einem Text festhing und mich verspätete. Sie ist tot, weil die verdammte Polizei den Eltern Bescheid gab, den armen, den ewig trauernden Eltern, weil die Polizei ihnen mitteilte, dass ihr Kind lebt. Die Familie hat etwas mit ihrem Tod zu tun, ich bin mir sicher, jemand will, dass sie die Klappe hält, dieses Mal soll es für immer sein. Wer soll es sonst getan haben, wenn nicht jemand aus der Familie?

4

Bei Mordfällen sind Nahestehende als erste verdächtig, das weiß ich wie jeder andere Krimileser auch. Die Ermittler, die das Verbrechen an Lisa aufklären sollen, haben das im Blick. Ihr Fall aber ist anders, weil die Nahestehenden ihr lange fern waren. Auffällig ist nur, dass sie starb, gerade als die Familie erfahren hatte, dass die Totgeglaubte lebt. War es Zufall, dass sie jetzt ermordet wurde? Ich glaube das nicht, bin mir sicher, dass ihre Familie die Hände im Spiel hat. Aber auch ich bin eine Nahestehende, zu niemandem sonst hatte Lisa Kontakt neben ihren Jobs.

Dass ich die einzige Freundin hier in der Stadt am Rhein war, habe ich zu Protokoll gegeben. Ich bin aber wohl eher nicht verdächtig. Die Polizisten glauben nicht, dass ich Lisas Kehle durchtrennt habe, auch wenn ich neben ihrer Leiche auf der Bank saß und erst nach einer Weile die Polizei rief.

Ich habe keinen auffälligen Tropfen Blut an mir. Niemand geht davon aus, dass ich mit Gummikleidung unterwegs war, die ich irgendwo entsorgt habe. Der von mir behauptete Todeszeitpunkt ist überprüfbar, der Zeitrahmen wäre allzu knapp für die Logistik, die erforderlich wäre, wenn ich Lisa getötet hätte. Die Polizisten finden mich nur seltsam, verstehen nicht, wie man sich neben eine Leiche setzen kann, verstehen nicht, warum ich still blieb, als ich eine Tote fand, und erst unruhig werde, als sie betonen, richtig gehandelt zu haben mit der Pressemitteilung über Lisas Auftauchen, mit der Meldung an ihre Eltern.

„Es entspricht den Vorschriften", sagt einer der beiden Polizisten, die sich mit mir befassen. Sie geben sich Mühe, freundlich und geduldig zu sein.

„Es hat Gründe, wenn jemand verschwindet, das tut man nicht zum Spaß", antworte ich. „Sie können sich in einer so heiklen Situation doch nicht einfach auf Vorschriften beziehen." Tatsächlich können sie es doch, sie haben es auch getan.

„Ich muss dringend einen Anruf erledigen." Der Ältere verlässt das Büro. Vermutlich gehe ich ihm auf die Nerven.

„Wir mussten abwägen", sagt sein Kollege. „Auf der einen Seite war Ihre Freundin, die verborgen bleiben wollte. Auf der anderen Seite ihre Familie, die sie für tot hielt. Damals gab es eine Ermittlung, sogar jemanden, der den Mord gestand. Wir konnten das nicht einfach auf sich beruhen lassen."

„Sie hätten auf sie Rücksicht nehmen müssen." Ich trete nicht entschieden auf, bin keine gute Anwältin der Toten, aber immerhin hartnäckiger als sonst. „Lisa hatte gute Gründe, vor ihrer Familie wegzulaufen. Darüber hätten Sie sich Gedanken machen müssen. Vielleicht wäre sie dann nicht tot."

„Ich kann verstehen, dass Sie das alles sehr mitnimmt. Was halten Sie davon, dass ich Ihnen einen Tee hole, und Sie versuchen, ruhiger zu werden? Dann sprechen wir weiter."

Ich muss mich zusammenreißen, versuche, tief einund auszuatmen, immer wieder, bis er zurückkehrt.

„Ich habe Earl Grey oder Darjeeling." Er stellt eine Tasse mit heißem Wasser auf den Tisch. Ich mag Teebeutel nicht, hoffe aber auf Wärme, entscheide mich für Earl Grey.

„Warum glauben Sie, dass Lisas Familie schuld ist an ihrem Tod? Haben Sie jemanden erkannt?"

„Sehr wahrscheinlich war es ein Mann, der sich von ihrer Bank entfernt hat. Ich habe ihn nur von hinten gesehen." Ich wiederhole, was ich bereits gesagt habe. „Ich kenne niemanden aus Lisas Familie, könnte also niemanden identifizieren. Ich weiß, dass ich nur mutmaße. Aber ich weiß auch, dass Lisa gute Gründe hatte, damals zu verschwinden. Sie lief vor ihrer Familie weg."

„Was genau meinen Sie?"

Lisa hätte nicht gewollt, dass öffentlich wird, was sie aus der Heimatstadt vertrieben hat. Aber sie ist tot, es kann sie nicht mehr verletzen. „Sie hat mir gesagt, dass ihr Stiefvater übergriffig war."

„Meinen Sie Missbrauch?"

„Ich meine nicht Missbrauch, sondern sexuelle Gewalt." Er nickt, akzeptiert den Unterschied.

„Als Lisa damals verschwand, sprach eine ihrer Freundinnen diesen Vorwurf aus. Die Kollegen untersuchten das, konnten aber nichts nachweisen."

„Damals war das auch noch kaum ein Thema. Man sprach nicht über das, was nicht sein konnte, nicht sein durfte."

„Soweit ich das bis jetzt nachvollziehen kann, nahmen die Kollegen aber ernst, was Lisas Freundin damals sagte. Ich werde mir das noch genau anschauen. Aber auf den ersten Blick sieht es so aus, als ob sie sorgfältig waren." Er schaut mich an, jetzt nicke ich. „Das Problem in solchen Fällen ist die Beweisbarkeit. In Lisas Fall kommt hinzu, dass sie sich nicht dazu geäußert hat. Als sie jetzt wieder auftauchte, haben Kollegen sie natürlich gefragt, warum sie partout nicht gefunden werden wollte. Aber sie hat nicht geantwortet. Wir haben nichts in der Hand."

Ich nippe am Tee, der nur noch lauwarm ist, halte die Tasse aber fest.

„Uns irritiert die Todesart", sagt der Kommissar.

Ich verstehe ihn nicht. Ist nicht jeder Mord irritierend?

„Wir fragen uns, ob es Erklärungen gibt, die Sie nicht in Betracht ziehen. Lisa ist untergetaucht, hat sich für die Illegitimität entschieden. Vielleicht hat sie ein anderes Leben geführt, als Sie glauben. Familiäre Differenzen werden in der Regel nicht beseitigt, indem man jemandem die Kehle durchschneidet. Das ist ungewöhnlich blutig und brutal, eine Todesart, die in kriminellen Kreisen vorkommt, aber nicht in einem Umfeld wie Lisas Familie."

Familiäre Differenzen. Illegitimität. In der Regel. Was soll das?

In der Regel erschlägt man auch niemanden mit einer Axt. Dennoch kommt es vor, und manchmal ist es der eigene Sohn.

„Ist Ihnen nicht gut?", fragt der Polizist.

„Ich möchte nach Hause." Ich habe einen gültigen Personalausweis. Die Polizei kennt meine Adresse und wird mich finden, wenn sie etwas von mir will.

Die Polizei will etwas von mir, hat mich eingeladen, vorgeladen, alles muss seine Ordnung haben. Ich wiederhole meine Aussage, unterschreibe das Papier. Nur die Fakten sind aufgeführt, natürlich: Ich sah, wie sich jemand von Lisas Bank entfernte, vermutlich ein Mann. Ich sah ihn aus der Ferne, von hinten, würde ihn nicht erkennen, wenn ich ihm begegne. Ich glaube, dass er kurze, dunkle Haare hat, breite Schultern, er trug dunkle Kleidung, vielleicht eine Jeans.

„Wir haben Lisas Lebensumstände überprüft", sagt der jüngere der beiden Kommissare. Er weiß jetzt, dass ich die Wohnung für sie gemietet habe.

„Warum bezahlen Sie für ihre Wohnung?"

„Ich bezahle sie nicht. Lisa hat mir das Geld zurückgegeben. Ich habe sie gemietet, weil ich ein Konto und gültige Papiere habe." Bevor wir uns kennenlernten, war es schwierig für sie, eine Unterkunft zu finden. Anfangs wohnte sie in dem Bordell am Hauptbahnhof, das Bahnreisende kennen, weil man vom Zug aus Frauen sieht, die sich in den Fenstern ihrer Zimmer anbieten. Lisa putzte dort, entzog sich den Zimmern mit Aussicht, erwähnte sie nur kurz, wollte nicht über sie sprechen. Der Trommler bezieht Stellung in meinem Kopf, beginnt zu trommeln, leise noch, aber er wird lauter werden, wenn ich weiter an Frauen denke, die sich vom Fenster aus Zugreisenden anbieten, und an die Männer, die für sie bezahlen.

Der Polizist ist hartnäckig. „Warum haben Sie das getan? Warum haben Sie die Wohnung für Lisa gemietet?"

„Ich wollte ihr helfen." Mehr konnte ich Lisa nicht sagen, mehr sage ich jetzt auch nicht. Ich kann nicht aussprechen, wie nahe ich mich ihr gefühlt habe. Dass ich sehr viel genauer weiß, was sie erlebt hat, als ich jemals zugegeben habe. Sie hat es verstanden, glaube ich. Nur am Anfang wunderte sie sich darüber, dass ich sie nicht drängte, in die Heimatstadt zurückzukehren, sich wenigstens bei ihren Eltern zu melden.

„Waren Sie ein Paar?"

„Wir waren Freunde. Ich wollte ihr helfen."

Ich denke oft an Lisas Familie und an meine, an meinen Vater und ihren Stiefvater, an unsere Mütter, an unsere Brüder. Wir stammen aus Familien mit ordentlichen Fassaden, alles war bestens, wir kamen nur nicht zurecht mit dem, was hinter den Fassaden geschah, wussten nicht, was wir tun sollten, warteten darauf, dass es aufhört, dass das Leben anders wird. Irgendwann gingen wir, verließen die Elternhäuser, nahmen sie aber mit, tragen sie in uns.

Immer wieder denke ich darüber nach, warum das so ist, warum die Vergangenheit nicht vergeht, warum es uns beiden nicht gelingt, sie hinter uns zu lassen, im Jetzt anzukommen, warum die Seele überhaupt zersplittert, warum ein Kind nicht die Augen schließen kann und am nächsten Morgen ist alles verschwunden, warum so tiefe Spuren hinterließ, was die Väter taten, warum es bedeutsam ist, dass die Mütter nicht für uns in die Bresche gesprungen sind, uns nicht geschützt haben. Es hätte anders sein, hätte uns nichts ausmachen können. So ist es nicht, die Seele zersplittert, warum auch immer. Ich habe mir gewünscht, widerstandsfähiger zu sein, robuster. Aber das war ich nicht, Lisa auch nicht, wir haben nur irgendwie eine Kindheit hinter uns gebracht, und jetzt sind wir ferngesteuert von einer Vergangenheit, die nicht vergehen will.

Damals war das, was uns widerfuhr, kein Thema für die Medien. Man redete nicht über das, was nicht sein durfte. Ich hätte es aber auch nicht aussprechen können, damals wusste ich nichts von dem, was mich verstörte. Ich führte ein Doppelleben, ein Tag- und ein Nachtleben, erinnerte mich nicht an den Abend zuvor, wenn ich morgens die Tasche nahm und mit Bus und Straßenbahn zur Schule fuhr. Ich hatte Mühe, mir Landkarten einzuprägen, die Position von Städten, den Verlauf von Flüssen, konnte mir Geschichtszahlen nicht merken. Sonst aber war ich eine gute Schülerin, ein braves Mädchen, tat, was man mir sagte. Wir waren eine normale Familie, natürlich waren wir das, ich lief nicht weg, nahm keine Drogen, hatte nichts mit Jungs.

Heute berichten die Medien über die Regensburger Domspatzen und die Odenwaldschule, über Lehrer, Priester, Ärzte, Trainer, die Grenzen überschreiten. Vieles ist anders geworden, die Öffentlichkeit empört sich, auch wenn schwer zu verstehen ist, warum Eltern nichts wahrnehmen, nicht einschreiten. Nur mit Familien bleibt es schwierig, Kinder wollen nicht, dass Vater und Mutter ins Gefängnis kommen und sie selbst in Heimen verschwinden.

Für den Mord an Lisa hat der Stiefvater ein Alibi. Mit seiner Frau und Freunden wanderte er im Harz an dem Tag, an dem ihre Kehle durchtrennt wurde, war weit genug weg, um nicht am Rhein vorbeizuschauen. Die Freunde, die mit ihm unterwegs waren, haben es bestätigt, ein Arzt und zwei, die Anwälte sind wie der Stiefvater, auch ihre Frauen waren dabei.

Nachzulesen war das gleich nach dem Mord in den Zeitungen, nicht nur in der Klatschpresse. Lisas Fall erregte Aufmerksamkeit, Journalisten wollten mit der Familie reden, über den ersten und den zweiten Tod. Es gab eine Pressekonferenz, die Mutter weinte, der Stiefvater war erschüttert. Er sprach über ihr Mädchen, dieses schöne, kluge Kind mit den blonden Locken, das sich mit einem Mal veränderte in der Pubertät. „Immer wieder haben wir versucht, an Lisa heranzukommen", sagte der Stiefvater bei der Pressekonferenz. Aber sie konnten sie nicht erreichen, waren verzweifelt, bemühten sich um das Kind, wieder und wieder, und dann verschwand es, spurlos, grundlos, nahm nicht den Pass mit und keinen Koffer. Als der vermeintliche Mörder gestand, trauerten sie um ihr Mädchen, konnten aber nie loslassen, weil es keine Leiche gab und keine Gewissheit. Immer noch gibt es keine Erklärung, sie wissen nicht, warum ihr Mädchen verschwand, und jetzt ist es tot.

„Wir haben uns Vorwürfe gemacht, dass wir sie nicht stärker gedrängt haben, sich einem Therapeuten zu öffnen", sagte der Stiefvater bei der Pressekonferenz.

Tatsächlich haben sie sich nie darum bemüht. Ich glaube Lisa, nicht ihm. Er hat sich lustig gemacht über sie, mit der Klapsmühle gedroht, ihr klar gemacht, dass er die richtigen Leute kennt, Ärzte und Anwälte. Als er sein kleines Mädchen nicht mehr haben konnte, als es sich in eine Studentenbude zurückzog und ihm zu entgleiten drohte, wollte er sie fertig machen und mundtot. Ihr Bruder sorgte dafür, dass sie wusste, wie ernst es ihm war.

„Allein die Geschichte mit dem Stiefvater hätte mir niemand geglaubt", sagte Lisa. „Bei der Geschichte mit meinem Bruder hätten sie mich endgültig für verrückt erklärt. Wer versteht das schon, einen Bruder, der mit dem Stiefvater mitspielt? Wer glaubt einem Mädchen, das nicht mal versucht hat, sich zu wehren?"

Ich weiß nicht, ob das heute anders ist. Inzwischen haben viele den ersten Band von Stieg Larssons Krimireihe gelesen oder eine der Verfilmungen gesehen. Eine dieser spannenden Geschichten, die man gemütlich auf der Couch liest bei einem Glas Wein, über eine junge Frau, die alle für tot halten, die aber tatsächlich nach London geflohen ist und nach Jahren immer noch in Panik gerät, wenn sie nur an den Bruder denkt.

5

Am Himmel formieren sich Flugzeuge zur Landung. Am Boden steht der Graureiher im braunen Feld, unbewegt, und wartet. Ich sitze am Schreibtisch, schaue aus dem Fenster, trinke Tee, denke nach über Auftragsarbeiten und Tagebücher, über eine Vergangenheit, die nicht vergehen will, über Lisa. Wenn ich nicht so lange am Schreibtisch gesessen und über Texte gegrübelt hätte, die fertig werden müssen, und über ein Tagebuch, das im Kopf feststeckt, könnte ich mit ihr reden, statt den Flugzeugen zuzuschauen.

Sie würde von der Zicke erzählen, die jedes Mal etwas zu meckern hat und doch immer wieder in das Café zurückkehrt, in dem Lisa bedient hat, und von ihren Putzjobs bei Leuten, die Karriere gemacht haben, aber jemanden suchen, der schwarz arbeitet, um Geld zu sparen. Über unser Buchprojekt würden wir reden, *Chaostheorie* oder *Urknall* wollte Lisa es nennen, mit dem Untertitel *Eine Putzfrau packt aus*, und natürlich wäre ich der Ghostwriter.

Ich würde von meinen Auftragsarbeiten erzählen, von dem Text, an dem ich gerade schreibe. Von der Stimme im Kopf habe ich nie gesprochen, die boykottiert, was von Bedeutung ist für mich, die auf mich einredet, mir sagt, dass ich nicht schreiben kann, dass es nichts taugt, was ich in den Laptop tippe, niemand will es lesen, niemand interessiert sich dafür. Ich habe nur mit ihr darüber gesprochen, wie schwer es mir fällt, zu formulieren, was mir aufgetragen wird, dass ich lieber anderes schreiben würde, wie mühsam es ist, zu akquirieren, wenn man mit den Gedanken anderswo ist, wenn man nicht an sich glaubt.

„Mit der Putzfrauen-Story werden wir groß rauskommen, mindestens den Pulitzer-Preis abräumen. Dann hast du Geld und Zeit, und vielleicht gelingt es so." Das alles war ein Witz, natürlich, aber Lisa wollte mir Mut machen. Sie war nicht rücksichtslos, wie ihre Eltern es nahelegen, wollte sie nicht verletzen, auch wenn sie gute Gründe dafür hatte. Sie war nur untergetaucht, weil sie keine Luft mehr bekam, wollte ihre Eltern nicht sehen und nicht hören, nur das nahm sie sich heraus.

Leicht war ihr Leben nicht ohne Papiere, ohne Versicherungen, Zeugnisse, Abschlüsse, ohne richtige Arbeit, ohne Geld. „Alles ist besser, als damit rechnen zu müssen, dass der Vater vor der Tür steht, dass er sich ins Zimmer drängt", sagte Lisa. Eine Lisbeth Salander war sie nicht, die Krimifigur, die ihre eigene Vergewaltigung filmt und für Gerechtigkeit sorgt. Ich bin es auch nicht. Wir sind einfach nur gegangen, haben die Heimatstadt hinter uns gelassen, mehr nicht.

Jetzt muss Lisa nie wieder mit ihrer Mutter sprechen, muss sich nicht anhören, wie rücksichtslos sie ist, muss nicht mehr damit leben, dass alles unter den Teppich gekehrt werden soll. Die Mutter hatte anderes im Blick, sie hat alles für ihre Kinder getan, das hat sie immer wieder betont. Lisa hatte allen Grund, dankbar zu sein, ein ganzes Leben stand ihr offen, sie hätte Jura studieren und in der Kanzlei des Stiefvaters arbeiten können. „Oder Kunstgeschichte, du interessierst dich doch auch dafür", sagte die Mutter zu Lisa, weil sie mit ihren Plaudereien über Impressionisten einen reichen Mann gefunden hatte. Immer wieder sagte sie das, als ob ihre Entscheidung irgendwann noch Sinn machen würde, redete weiter und weiter, hörte nicht zu, was die Tochter zu sagen hatte.

„Hat Lisa ein Tagebuch geführt?" Die beiden Kommissare suchen immer noch nach einem Motiv. Ein Tagebuch könnte erklären, was vorgefallen ist. Vielleicht hat Lisa ihre Treffen mit Clanchefs und Gangmitgliedern protokolliert, ihr geheimes Leben aufgeschrieben, nach dem die Polizei sucht.

„Als Kind hatte sie ein Tagebuch, das hat sie mir erzählt. Ob sie in den letzten Jahren über ihr Leben geschrieben hat, weiß ich nicht, darüber haben wir nie gesprochen."

„Alles ist ordentlich in ihrer Wohnung, aber unpersönlich", sagt der Jüngere der beiden Kommissare. „Als ob sie auf der Durchreise war."

Das war sie auch, immer auf dem Sprung, bereit, zu verschwinden, erneut abzutauchen, wenn es nötig gewesen wäre. Nur im letzten Moment hat sie es verpasst.

„Ihre Eltern sagen, dass sie schon als Kind schwierig war", sagt der Ältere der beiden. Er blättert in irgendwelchen Papieren, wirkt auch heute so, als ob er mich am liebsten seinem Kollegen überlassen würde.

Früher hätte man direkt gesagt, dass Lisa hysterisch war, dass du hysterisch bist, sagt der Trommler im Kopf, der Feuerteufel. Sicherlich meint der Kommissar etwas wie Elektroschocks, wenn er davon spricht, dass sie Hilfe gebraucht hätte, flüstert er, diese gute alte Technik aus früheren Zeiten, mit der man so schön Persönlichkeiten auslöschen konnte, die aus dem Rahmen fielen.

Bei Elektroschocks denke ich immer an Niki de Saint Phalle, bei ihr haben sie nicht gewirkt, nach ihnen hat sie immer noch ihre *Nanas* konstruiert und über den Vater gesprochen, der die Hände nicht von der Tochter lassen konnte, hat überdimensionierte knallbunte Frauenkörper geschaffen, riesige Brüste, eine begehbare Vagina. Vielleicht haben die Elektroschocks bei ihr nicht gewirkt, weil sie zu widerspenstig war, zu klug, ihr Vater hat sich auch entschuldigt, wenigstens das, es war mehr, als von Lisas Stiefvater je zu erwarten war, auch wenn der Arzt, der Niki de Saint Phalle behandelte, das Geständnis ihres Vaters vor ihren Augen verbrannte.

Ich könnte den Kommissaren sagen, dass Lisa sich gern Hilfe geholt hätte, sich das nur nicht leisten konnte, schließlich aber doch dabei war, ihr Leben zu ändern. Vielleicht wäre sie sogar zu einer Therapeutin gegangen. Statt mit den Polizisten zu reden, würde ich aber lieber das Gewehr in die Hände nehmen, mit dem Niki de Saint Phalle geschossen hat, nach den Elektroschocks, und der Trommler trommelt dazu.

„War es das?", frage ich die Polizisten. Das war es, ich kann gehen. Es gibt kein Tagebuch, sie haben keins gefunden, kein aktuelles, nur das aus Lisas Kindheit, in dem sie über die Scheidung der Eltern schreibt und darüber, wie der Stiefvater in ihr Leben kommt, ein Mann mit Geld, der Geschenke mitbringt für die Tochter seiner neuen Frau. In dem Tagebuch geht es um die Schule und um Freundinnen. Die Polizisten haben es gelesen, für die Ermittlungen ist es nicht von Interesse.

Ich möchte nach Hause fahren, mich mit einem Tee ans Fenster setzen und mit einem Buch, das mich mitnimmt bis ans Ende der Welt, oder die Texte der Dichterin lesen, die in Duisburg lebt, in der Stadt, die mit der Kohle ihren Halt verlor, in der Kinder oft nur gebrochen Deutsch sprechen, selbst wenn sie dort geboren sind, keinen Sinn entwickeln können für die Sprachbilder der Schriftstellerin.

Ich wollte sie treffen, unbedingt, jetzt aber will ich nicht nach Duisburg, nicht heute, nicht für ein Interview, fahre trotzdem am Flughafen vorbei Richtung Norden, parke am Hauptbahnhof, gehe durch die Fußgängerzone bis zum Brunnen mit Niki de Saint Phalles Figur. Sie steht im Regen, den *Nanas* ähnlich, groß, ausladend und bunt. Bei diesem Wetter beachtet niemand den *Lifesaver*, niemand fühlt sich von ihm gerettet und von der Künstlerin, die einmal mit einem Gewehr Furore machte, ihre Kindheit erschießen wollte und den Vater.

Der Brunnen ist abgestellt, Wasser strömt nur vom Himmel. Ich stehe unter meinem Schirm, schaue auf die Skulptur. Als Pleitegeier haben die Duisburger den riesigen Vogel beschimpft, weil er zu teuer ist für die arme Stadt.

Ich bin zu früh für das Interview, bleibe aber nicht am Brunnen, lasse den *Lifesaver* hinter mir, gehe weiter zu der Espresso Bar, in der die Dichterin kleine Auszeiten sucht und Interviews gibt. Hier haben wir uns kennengelernt zu einer Zeit, als ich das Schreiben aufgab, endgültig nicht mehr versuchte, die Gedanken und Geschichten zu Papier zu bringen, die in meinem Kopf auftauchen, sie aber mit ihren Texten in die Öffentlichkeit ging, ihr erster Gedichtband war gerade erschienen.

Über die Zeit vor dem Mauerfall mochte sie erst nicht sprechen, gab dann doch einen Einblick, erzählte von Mitarbeitern der Stasi, die ab und zu in ihre Wohnung eindrangen, wenn sie unterwegs war. Sie hinterließen nur wenige, aber deutlich sichtbare Spuren. Ein Buch lag offen auf dem Schreibtisch, das vorher zugeklappt war. Ein Blatt Papier mit einem angefangenen Gedicht war zu Boden geschwebt. Die Dichterin kam nie vor Gericht oder ins Gefängnis. Die Stasi begnügte sich damit, ihr zu drohen, sie einzuschüchtern, versuchte es jedenfalls.

Über Zensur wollen wir heute sprechen, über das, was dafür gehalten wird, über Eugen Gomringers Gedicht *Avenidas,* das auf der Hauswand einer Berliner Hochschule übermalt, überschrieben werden soll. Frauen werden zu Objekten gemacht, meinen Studierende, wenn es um Alleen geht und Blumen, um Frauen und einen Bewunderer, der sie in den Blick nimmt. Kritiker empören, Gemüter erhitzen sich, von einem Kunstskandal ist die Rede.

„Ich halte das nicht für Zensur", sagt die Dichterin. *Avenidas* soll nur von der Hauswand entfernt werden, aber nicht verschwinden, soll auf einer Tafel vor Ort bleiben, die über die Debatte informiert. Ein Text der Dichterin könnte *Avenidas* ersetzen, sie will ihn freigeben nur für ein paar Jahre, die Zeit von vornherein begrenzen, dann soll er übermalt werden, erneut überschrieben, ersetzt werden durch andere Zeilen.

6

Der Mond zieht am Himmel seine Bahn. Vier Uhr sagt der Wecker, zu früh zum Aufstehen. Jeden Morgen werde ich um diese Zeit wach, weiß nicht, warum das so ist, wer die innere Uhr immer wieder aufzieht, werde wach ohne Albträume. Sie überfallen jeden, der Schlimmes erlebt hat, man wacht schweißgebadet auf, weil dunkle Bilder durch den Kopf geistern, Krimiautoren erzählen von ihnen, Hollywood setzt sie in Szene. Ich aber sehe keine Traumbilder, werde wach ohne sie, habe nur das Gefühl, dass irgendetwas im Kopf ist, weiß nicht, was es ist, kann es nicht fassen.

Natürlich siehst du keine dunklen Bilder, sagt die Stimme im Kopf. Du hast nichts Schlimmes erlebt, es gibt keinen Grund dafür, dass Dämonen dich belagern.

Nur zwei Schemen sind im Kopf, eine Person, die auf einer Bank sitzt mit durchtrennter Kehle, und eine andere, die am Schreibtisch aus dem Fenster schaut, bis sie zu spät dran ist und nur noch einen Mann von hinten sieht, der sich von der Bank am Rhein entfernt.

Zu Rambo gehören Albträume, zu ihm passen sie. Vietnam hat Spuren hinterlassen, der Krieg ist anwesend im Kopf, Bedrohung, Vernichtung, Schuld, manchmal setzt die Traumfabrik Hollywood Wirklichkeit in Szene. Ich aber habe keine Albträume. Vielleicht ist das ein Hinweis darauf, dass alles nur ein Irrtum ist und die Eltern Recht haben, ich hatte eine normale, eine gute Kindheit, rede mir alles nur ein.

Der Mond hat seinen Weg am Nachthimmel gefunden, ich sitze am Schreibtisch, trinke Tee, schaue aus dem Fenster. Die nächste Auftragsarbeit muss fertig werden, ein Text über Gendermarketing, sind Cocktailbücher für Mädels verwerflich und Grillrezepte für echte Kerle? Ist es abschätzig, wenn man Frauen als Mädels bezeichnet, und chauvinistisch, den Mann ans Feuer zu schicken? Mir ist es egal, ich ärgere mich nur über Prinzessinnenbücher, darüber, dass es kein Thema ist, wie Kinder zu Mädchen werden, auf welche Gedanken sie festgeschrieben werden und auf welches Leben, welche Träume für sie übrigbleiben. Die ewige pinkfarbene Prinzessin macht mich wütend, aber diesen Text schreibe ich nicht, sondern den anderen, die Auftragsarbeit, die ordentlich Argumente zusammenträgt. Warum macht Gendermarketing Sinn? Weil es funktioniert, Verlage wollen und müssen Umsatz machen, und wenn der Kunde Geld für Mädelscocktails ausgeben will, soll er sie bekommen und roasafarbene Prinzessinnenbücher dazu.

Autoren machen sich Gedanken darüber, Illustratoren, Lektoren. Aber der Markt will diese Bücher, heißt es, der Markt bekommt sie, und ich schreibe wieder nicht darüber, dass Mädchen nicht mit einem Prinzessinnen-Gen zur Welt kommen und Jungen nicht mit einem Bagger-Gen, dass man sich fragen sollte, wie Kinder sich dahin entwickeln und ob man das nicht doch endlich ändern kann.

Vielleicht komme ich damit auch nur deshalb nicht klar, weil ich keine Prinzessinnen-Träume hatte und keine rosa Phase. Das Kind hat andere Ideen, will kurze Haare haben und bekommt sie. Auf dem einen Foto hat es noch Locken, auf dem nächsten sind die Haare ab, das Mädchen will zum Jungen werden, das ist das einzige, was ihm einfällt, nachdem die Hände des Vaters sich um seinen Hals gelegt haben, kurze Haare und eine Lederhose, auch die bekommt es, aber nicht die graue für Jungen, sondern die rote für Mädchen. Auf dem Schwarz-Weiß-Foto war das nicht zu erkennen, aber ich erinnere mich.

Manchmal wünsche ich mir, dass es dieses Foto noch gibt, dass ich es nicht zerrissen hätte. Mit dem Foto könnte ich dem Kind ein Denkmal setzen, das in der Badewanne lernte, was es heißt, ein Mädchen zu sein, zu klein ist, um Widerstand zu leisten, es dennoch versucht. Niemand fragt, warum dieses Kind kurze Haare haben will, warum die Locken verschwunden sind, warum es eine Lederhose tragen will in einer Gegend, in der das nicht üblich ist.

Das Kind ist seltsam, die Mutter versucht, es zu bändigen, lässt eine Märchenplatte laufen, drückt dem Kind ein Staubtuch in die Hand. Rumpelstilzchen freut sich, dass niemand weiß, wer es ist. Das Kind wischt Staub und will kurze Haare haben. Die Mutter hat nichts dagegen, das Mädchen darf aussehen wie ein Junge, bis der Mutter klar wird, dass dieses Kind seltsam wirkt, jemand könnte sich fragen, warum ein Mädchen ein Junge sein will. Deshalb muss die Lederhose rot sein, und die Haare müssen wieder wachsen.

In den Text über Gendermarketing schieben sich die Fotos, die ich zerrissen habe, Erinnerungen an ein Kind mit streichholzkurzen Haaren. Ich schreibe Sätze, streiche sie wieder, dann klingelt das Telefon. „Lisas Eltern würden gern ihre Wohnung sehen", sagt der jüngere der beiden Kommissare.

Lisa hätte sie nicht in der Wohnung gewollt, ich will sie auch nicht dort haben. Die Polizei kann mich nicht zwingen, die Familie hineinzulassen. Der Kommissar will mich auch nicht zwingen, will mich aber überreden, den Wunsch der Eltern zu erfüllen, deren Tochter ihnen so viel zugemutet hat.

„Sie möchten Kontakt zu Ihnen aufnehmen", sagt er.

Die Eltern wollen herausfinden, was Lisa mir anvertraut hat, was ich über sie weiß. Ich bin mir sicher, dass es darum geht, sie wollen wissen, ob ich eine Gefahr bin, man mich zum Schweigen bringen muss, ob es weitere Risiken gibt.

Viel haben sie nicht zu befürchten. Lisa hat hier am Rhein niemandem außer mir gesagt, warum sie abgetaucht ist, und es scheint niemanden zu interessieren, dass es Verdachtsmomente gegen den Stiefvater gab, damals, als sie verschwand.

Ich muss etwas sagen, der Polizist wartet auf eine Antwort. Ich will Lisas Eltern nicht in ihre Wohnung lassen, will sie nicht sehen, nicht mit ihnen sprechen. Das sage ich nicht, schweige immer noch, kann mich nicht dazu bringen, zuzustimmen, will es doch, will sie sehen, will wissen, ob sie es waren, die Lisa zu Tode gebracht haben, auch wenn sie wanderten im Harz und nicht selbst Hand angelegt haben, dieses Mal nicht. Vielleicht würde ich es merken, vielleicht auch nicht, die Eltern sind gute Schauspieler, ich weiß es von der Pressekonferenz. Vielleicht würde ich aber auch nur sehen, was ich sehen will.

Sie haben Lisa getötet, dutzende Male, als sie ein Kind war und nicht wusste, wie sie sich wehren kann, sich nicht darüber im Klaren war, ob sie sich wehren darf. Ihre Mutter hatte einen reichen Mann gefunden, ihr Leben kam wieder ins Lot. „Alles ist gut", sagte sie zu Lisa. „Du hast ein eigenes Zimmer, und dein Vater kauft dir ein schönes neues Kleid, wenn du ein liebes Mädchen bist."

Das schreibt niemand in einem Krimi, das klingt so falsch und unwirklich, kein Lektor würde das durchgehen lassen. Niemals würde eine Mutter bemerken, dass ein Mann der Tochter so etwas antut, und sie dann nicht retten wollen. Sie hat es nicht bemerkt, sie kann es nicht bemerkt haben, weil es nichts gab, was sie hätte bemerken müssen. Mütter sind gut, kümmern sich um ihre Kinder, tun alles für sie. Das ist der Mythos, an dem die Welt webt, Mütter darf man nicht in Frage stellen. Eine Mutter ist das Beste, was einem geschehen kann im Leben. Glücklich ist, wer eine hat und eines Tages all das Gute zurückgeben kann, was er mit ihr erlebt hat.

Lisas Mutter kann nichts bemerkt haben von dem, was vor sich ging, sonst hätte sie es unterbunden. Sie hätte es bemerken müssen, sie ist eine intelligente Frau, sie hat studiert und einen Anwalt geheiratet. Wenn sie nichts bemerkt hat, war da auch nichts. Wie sollte da etwas gewesen sein, der Stiefvater ist ein rechtschaffener Jurist, wie kann man auf die Idee kommen, dass er so etwas tun würde, ein Anwalt und liebevoller Vater.

Lisas Eltern müssen sich nur vorwerfen, dass sie nicht strenger mit dem Mädchen waren, seine Gemeinheiten durchgehen ließen, hinnahmen, dass sie sich nicht einfügen wollte in die neue Familie. Anders als der Bruder, der wunderbar zurechtkommt mit dem Stiefvater, sogar in seiner Kanzlei arbeitet, sie übernehmen wird eines Tages.

„Lisas Eltern können sich die Wohnung ansehen, und ich werde dabei sein", sage ich. Ich verhalte mich so, wie man es von mir erwartet, ich bin ein braves Mädchen, das habe ich gelernt.

Ich verabschiede mich höflich am Telefon, während Steppenwolf im Kopf spielt, *Born to be wild*. Für Lisa hat dieser Traum nicht gegolten, für mich auch nicht, wir sind geboren, damit Väter tun konnten, was sie wollten. Niemand hat es gemerkt, niemand hat es merken wollen, niemand hat dem einen Riegel vorgeschoben. Niemand hält Mütter und Väter ab, die ihre Kinder misshandeln und verkaufen, weil sie arm sind, weil es ihnen Spaß macht, weil sie es können. Das geschieht nicht nur in Bangalore, in Tschetschenien, im Kongo, das geschieht überall, und den Kindern ist es egal, ob sie benutzt werden, weil die Eltern arm sind oder weil es ihnen Spaß macht. Ich möchte sie alle erschießen, diese Mütter und Väter, ihnen die Kehlen durchschneiden, stimme stattdessen dem Termin mit Lisas Eltern zu, mache mir eine

Tasse Tee, schaue den Flugzeugen zu, wie sie sich am Himmel zur Landung formieren.

Ich ersticke in diesem Vorort mit den geschnittenen Hecken und den gepflegten Autos, will das alles in die Luft jagen, denke an Niki de Saint Phalles Gewehr, schaue aus dem Fenster, tue nichts, werde niemals etwas tun, werde immer nur aus dem Fenster schauen, Steppenwolf im Kopf spielen lassen, während ich an die Kindheit denke, die sich unendlich hinzuziehen schien, die Kindheit, in der ich festhänge bis heute, die bleierne Zeit. Hölderlin hat die Worte für sie gefunden, *Trüb ists heut, es schlummern die Gäng' und die Gassen und fast will Mir es scheinen, es sei, als in der bleiernen Zeit.*

Margarethe von Trotta hat seine Worte aufgegriffen, sie zum Titel ihres Films gemacht, erzählt die Geschichte zweier Schwestern, erzählt von einer anderen bleiernen Zeit, einer Zeit, in der Nazi-Vergangenheit nicht vergehen will, eine Zeit, die Gegenwart und Zukunft vergiftet. Der Film erinnert an Gudrun Ensslin. Das Kind besucht die Schule, als sie in den Untergrund geht, hört von ihr und ihren Freunden, fühlt sich ihnen nahe, ihrer Unversöhnlichkeit, ihrem Hass, wäre gern ein paar Jahre älter. Das Kind will mit ihnen ziehen und weiß doch, dass es nicht geht, niemals würden sie es akzeptieren, dieses seltsame Kind, das niemand mag.

Es würde ein Maschinengewehr in den Händen halten, Dauerfeuer einstellen, jeden niedermähen, der vor den Lauf kommt, würde noch lieber ein Messer nehmen und mit ihm den Körper des Vaters zerschneiden und den der Mutter, würde die Hände in Blut tauchen und

mit dem Finger an die weiße Wand schreiben, das Tagebuch beginnen und beenden, endlich tun, wozu es vorher nicht gekommen ist. Schließlich schneidet es die Herzen heraus, das Herz des Vaters und das der Mutter, ruft
die Eule, die Königin der Nacht, die am Rand des Waldes
wartet, ihre runden Augen leuchten in der Dunkelheit.
Sie ist bereit, ihre Flügel auszubreiten, majestätisch
durch die Luft zu gleiten, sie kommt näher und näher,
holt sich, worauf sie lange schon wartet, holt sich das
Herz des Vaters und das der Mutter.

7

Die Stadt liegt in meinem Rücken nicht weit von hier, vor mir öffnet sich die Flusslandschaft, in der aber wieder niemand unterwegs ist. Die Polizei hat Lisas Bank freigegeben, sie ist kein Tatort mehr. Ich setze mich an ihren Rand, eine schwarze Rose liegt neben mir. Ich schaue sie an, als ob sie etwas sagen könnte. Sie sagt nichts, ich stehe auf, gehe zum Rhein, gebe die Rose dem Wasser mit, eine Blume, die nicht schwarz ist, nicht wirklich. Ich lasse sie frei, lasse sie mit der Strömung zum Meer schwimmen, schaue ihr nach, sehe Undine, die im Rhein treibt. Ich möchte der Rose folgen bis Holland und immer weiter, über die Nordsee, über den Atlantik bis Ellis Island, wo Europäer ankamen, früher einmal.

In New York werde ich eine andere sein, wenn ich in das Café am Central Park gehe. Meinen Füller habe ich dabei, ich schreibe das Tagebuch, das Tagebuch des Kindes, Buchstaben laufen nicht mehr vor mir davon, ich schreibe, während Undine im Hudson schwimmt. Abends kommt sie an Land, gemeinsam schauen wir über den Fluss.

Seit ich denken kann, begleitet sie mich, Undine war in allen meinen Flüssen. Nie aber kommt sie an Land, und ich bleibe die, die ich immer war, hänge fest in einer Kindheit, wie auch Lisa in ihrer Kindheit festhing. Immer noch hatte sie Angst vor dem Stiefvater und vor der Mutter, traute sich nicht, den Eltern entgegenzutreten, ihnen zu sagen, dass sie nichts mit ihnen zu tun haben will, lief immer noch vor ihnen davon, lebte nicht ihr Leben. Ich habe die Panik gesehen, wenn sie nur an sie gedacht hat, die Angst, dass es wieder geschieht. Es ist egal, wie alt man wird, man ertrinkt in Ohnmacht, will weglaufen, sich wehren, tut aber nichts, erstarrt nur, wie man immer erstarrt ist.

Ich weiß nicht, warum die Seele nicht loslassen kann, warum Splitter im Kopf bleiben, und immer, wenn man eine Badewanne sieht oder gestutzte Hecken wie im Garten der Eltern, flutet Vergangenheit den Kopf, und wieder wird man zum Kind, das sich nicht wehren kann, nicht weiß, was es tun soll, keinen Ausweg sieht.

Warum ist der Mensch so, wie er ist, und nicht anders? Warum ist er so zerbrechlich? Warum tut er anderen Gewalt an, nicht aus Not, einfach nur, weil er es kann? Sklaven für Baumwollplantagen in Virginia, der Nazi-Terror, die Gulags der Sowjetunion, die Colognia Dignidad, heute die Lager in Libyen, in denen Männer weggesperrt und Frauen vergewaltigt werden, wieder und wieder. Folter in syrischen Gefängnissen, die Morde des IS, die Gräueltaten des Marc Dutroux. Wolfgang Přiklopil, der Natascha Kampusch in ein Loch sperrte. Josef Fritzl, der ein schalldichtes Gefängnis für die Tochter baute und sie vergewaltigte, Tag für Tag, Jahr für Jahr, und niemand will etwas gemerkt haben, nicht einmal als neugeborene Kinder auftauchten und der Vater, der Großvater sagte, seine Schlampe von Tochter habe sie vorbeigebracht.

Heute kann ich mir ein Bild machen, das Kind kann es nicht, versteht sein Leben nicht, versteht nicht, warum es der Mutter nicht nahe sein darf, warum der Vater es links liegen lässt, tagsüber, es verachtet, für dumm verkauft, ein Kind, das sich anfangs zu wehren sucht und doch alles mit sich geschehen lässt, abends, und am nächsten Morgen weiß es nichts mehr davon.

Mutter, Vater, Sohn, sie sind die Familie, die Tochter gehört nicht dazu. Sie ist seltsam, niemand mag dieses Kind, das zur Schule geht, nachmittags auf dem Sofa in seinem Zimmer sitzt, aus dem Fenster schaut und sein Leben nicht versteht, das auseinandergefallen ist in ein Tag- und in ein Nachtleben. Morgens, wenn es aufsteht, erinnert das Kind sich nicht an den Abend, weiß nichts von den Schritten auf der Treppe, dem Schatten am Bett. Irgendetwas stimmt nicht, das Kind spürt es, versteht es aber nicht, will weg aus der Reihenhaussiedlung, in der die Eltern wohnen, will das Leben verstehen, nach einem Sinn suchen. Irgendwann ist es so weit, das Kind geht an einen Ort, der aus der Zeit gefallen scheint, will Philosophie studieren in der Dornröschenstadt. Hannah Arendt war dort, die Ausnahmefrau, die gedacht und geschrieben hat über Gewalt und Verantwortung, über Schuld und die Banalität des Bösen.

Die Dornröschenstadt hat die Philosophin vergessen, als das Kind dort studiert. Sie spielt keine Rolle in den Vorlesungen, nicht einmal ihr Name wird erwähnt, auch nicht Simone de Beauvoir, nicht *Das andere Geschlecht. Man ist nicht als Frau geboren, man wird es,* nach solchen Worten sucht das Kind, die Bücher kann man finden, aber auch Simone de Beauvoir kommt in den Vorlesungen nicht zur Sprache. Sie befassen sich mit Logik, mit Idealismus, Realismus, Materialismus, man denkt nach über Platon, Hegel, Kant, Männer, die der Geistesgeschichte ihren Stempel aufgedrückt haben, und der Leib-Seele-Dualismus ist Thema in einer Zeit, als man noch unbehelligt von Neurowissenschaften über das Denken nachdenken kann.

Wie kommt man von der materiellen Welt zu geistigen Zuständen, zu Wahrnehmungen, Gedanken, Gefühlen, Erinnerungen? Das hätte eine meiner Fragen sein können, wenn ich mich damals an ein Kind erinnert hätte, das in einer Badewanne lag, während die Farben verblassten und die Welt verschwand. Wenn ich mich erinnert hätte an ein Kind, das seine Locken abschneiden wollte und später mit dem Schulfüller ein Tagebuch begann.

Ich erinnerte mich aber an nichts, als ich in der Dornröschenstadt ankam, nur an eine Kindheit, die so war wie die anderer auch. Nichts Besonderes war vorgefallen, ich wollte einfach nur weg aus der Reihenhaussiedlung, in der alles seine Ordnung hatte, mehr war es nicht. Mir war langweilig dort, die Enge passte mir nicht, die gestutzten Hecken, die polierten Autos, die Nachbarn, die höflich zu grüßen waren.

Es war zu eng, mehr war es nicht, ich wollte weg, zog in die Dornröschenstadt, erinnerte mich an nichts, nur an eine normale Kindheit in einem Dorf im Zonenrandgebiet. Splitter geistern durch den Kopf, ich verstehe sie nicht, spüre sie nur immer mehr, sie bohren sich fest, lassen mich nicht schlafen, bis ich mich nicht mehr konzentrieren kann, auch nicht auf die Texte Ludwig Wittgensteins, der die Lösung für alle Probleme in der Sprache sucht, ausgerechnet dort. *Was ist dein Ziel in der*

Philosophie? Der Fliege den Ausweg aus dem Fliegenglas zeigen.

8

Der Schlüssel fühlt sich seltsam an vor Lisas Wohnungstür. Es ist ein normaler Schlüssel, natürlich, ein Stück Metall wie andere Schlüssel auch, er fühlt sich trotzdem seltsam an. Ich lasse ihn in der Faust verschwinden, öffne sie wieder, schließe die Tür auf. Lisa wohnt hier nicht mehr, dreht sich nicht im Grabe um, es macht ihr nichts aus, dass ich die Wohnung betrete, auch nicht, dass ihre Eltern durch diese Tür gehen werden. Sie ist tot, endgültig verschwunden.

Die Polizei hat Spuren in Lisas Wohnung hinterlassen, nichts blieb unangetastet. Ein Küchenschrank steht offen, die Besteckschublade auch, Messer und Gabeln liegen auf der Arbeitsfläche. Ich verstehe nicht, was sie mit ihrem Tod zu tun haben. Lisas Tasse steht ebenfalls dort mit einem von van Goghs Sonnenblumenbildern. Ihr Lieblingsmotiv gab es nicht auf einer Tasse, das Selbstbildnis mit verbundenem Ohr, das Bild, das ihre Mutter nicht mag. Lisa hat die Tasse genommen, die alle kaufen, aber an das andere Bild gedacht und darüber geredet, dass die Millionenbilder eines Malers bestaunt werden, der selbst nie ein Werk verkauft hat, der an sich und seinem Leben verzweifelte, Hand an sein Ohr legte und sich tötete, obwohl er doch so schöne Blumen gemalt hat.

Die Küche ist winzig, hier gibt es nichts zu sehen. Ich gehe zurück in den kleinen Flur, bin gleich im einzigen Zimmer, ein freundlicher Raum mit großen Fenstern, der Blick geht in den Garten des Nachbarhauses. Die helle

Couch kann man zum Schlafen aufklappen, ein Kleiderschrank steht an der Wand, ein Glasschreibtisch vor dem Fenster, daneben ein Regal mit Büchern. Die Polizisten haben Recht, das Zimmer ist ordentlich und unpersönlich, Lisa hat kaum Spuren hinterlassen. Innerhalb von wenigen Minuten hätte sie den Schrank ausräumen und weiterziehen können.

Die Polizei hat nichts gefunden und die Wohnung freigegeben. Nur der Inhalt einer kleinen Kiste ist persönlicher als der Rest. Die Ermittler haben ihn angeschaut, aber sich nicht weiter dafür interessiert. *Kinderkram* hat Lisa auf den Deckel geschrieben, Erinnerungen an eine Zeit, die lange vorbei ist.

Ich hole das Fotoalbum aus der Kiste, lege es auf den Schreibtisch. Lisa mit zehn Jahren, ein schönes Kind mit blonden Locken. Das Bild wäre kitschig, wenn nicht ihr schiefes Lächeln wäre.

Ihr Vater hat seine Frau und die Kinder verlassen, als Lisa in die Schule kam. Es gab Streit, der Vater wollte keinen Unterhalt zahlen, die Mutter arbeitete nicht. „Sie hat nicht einmal versucht, einen Job zu finden", hat Lisa gesagt. „Nur gejammert, dass alles so schwer ist, dass sie nicht weiß, wie es weitergehen soll."

Meine Mutter hat auch nicht gearbeitet. Nein, das stimmt nicht, man musste das fein unterscheiden damals, sie war nicht berufstätig, aber sie hat gearbeitet, natürlich, dem Staub den Krieg angesagt und gebügelt, was das Zeug hält. Nur Geld verdient hat sie nicht.

Dann kam Lisas Stiefvater, der Rosenkrieg war beendet, sie konnten die enge Wohnung verlassen. Der Stiefvater kaufte ein Haus, die Tochter bekam ein Zimmer am Ende des Flurs.

Auf den ersten Fotos lächelt Lisa noch, später nicht mehr. Irgendwann gab es Schlaftabletten, von ihnen hat sie mir erzählt. Die Mutter klagte darüber, dass sie nicht gut schlief. Der Stiefvater war befreundet mit einem Arzt, er verschrieb Tabletten für die Mutter, damit sie in Ruhe schlafen und der Stiefvater in Lisas Zimmer gehen konnte. Die Mutter sagte nichts, als Tabletten verschwanden. Vielleicht bemerkte sie es nicht.

Lisa sammelte die Tabletten wie ein Eichhörnchen Nüsse, hortete sie, eine nach der anderen, bis sie glaubte, dass es genug war. „Es war kein richtiger Plan", sagte sie. „Irgendwann habe ich einfach angefangen, diese Dinger zu sammeln." Bis es nicht mehr ging und sie glaubte, es nicht zum Frühstückstisch zu schaffen und in die Schule.

Sie hatte Goethes *Werther* gelesen, wusste aber nicht, wie sie im Klassenzimmer das Gerede über einen ertragen soll, der sich erschießt, weil er eine Frau nicht haben kann, die er haben will. Ihrer Mutter sagte sie, dass sie krank sei, und legte sich ins Bett. Der Mutter war es egal. Als sie zum Tennis ging, holte Lisa Orangensaft aus der Küche und schluckte eine Tablette nach der anderen.

„Irgendwann habe ich mitbekommen, dass meine Mutter mich schüttelte", sagte Lisa. „Schließlich aber ließ sie von mir ab. Wahrscheinlich hoffte sie, dass ich abkratze, wenn sie einfach nur zuschaut."

Die Mutter wählte aber doch den Notruf. Später kam der Stiefvater ins Krankenhaus, legte seine Hand auf ihre und sagte, dass sie eine wunderbare Mutter ist, dass alles wieder gut wird. „Teenager sind nun mal schwierig, aber das geht vorbei. Jetzt haben wir noch einmal Glück gehabt, und Lisa überlebt."

Danach brauchte die Mutter erst recht Schlaftabletten, aber sie passte auf sie auf. „Für ein zweites Mal fehlte mir auch der Mut", sagte Lisa. „Es war seltsam. Ich konnte das alles nicht ertragen. Noch mehr Angst hatte ich aber vor dem Tod."

In dem Fotoalbum wird aus dem schönen blonden Mädchen ein schöner blonder Geist. Lisa wird schmaler, scheint sich aufzulösen. Niemand hat etwas gesagt, niemand hat etwas gemerkt. Teenager sind seltsam, das sind Phasen, die vorbeigehen, irgendwann.

Schließlich gibt es nur noch Fotos von Weihnachten und Geburtstagen. Lisa ist immer allein zu sehen. Die Großeltern nahmen die Bilder auf. Die Mutter wollte sie nicht fotografieren, dem Stiefvater wollte Lisa nicht Modell stehen.

Das Album lege ich zur Seite, ziehe die Kiste zu mir heran, auf der *Kinderkram* steht. Das Tagebuch liegt hier noch. Es hat einen Stoffeinband, auf dem Schmetterlinge abgebildet sind. Die Kommissare haben es gelesen, aber nichts gefunden, was für die Ermittlungen von Bedeutung ist.

Ich nehme es in die Hand, will die erste Seite aufschlagen, will es nicht, schaue auf die Schmetterlinge. *Mein Tagebuch* heißt es auf der Mitte des Einbands.

Das Tagebuch und das Fotoalbum waren das einzige, was Lisa mitnahm, als sie verschwand. Über den Stiefvater schrieb sie erst am Ende, vorsichtig nur, vage, für Lisa aber waren es Hinweise auf das, worüber sie nicht reden durfte, was die Mutter nicht hören wollte. Vor Gericht würde das Tagebuch nicht standhalten, das wusste sie, wir haben darüber gesprochen, aber nur als Möglichkeit, sie wollte den Stiefvater nicht anzeigen.

Ich weiß nicht, warum ich immer wieder über einen Prozess nachdenke. Lisa hätte nicht preisgeben wollen, was ihr angetan worden war, wollte ihre Familie nicht bloßstellen, hätte nicht öffentlich sagen können, was nicht gesagt werden darf. Das haben wir gelernt, darauf sind wir dressiert.

Ich denke aber auch an den Fernsehbeitrag, den ich gesehen habe, über eine Frau, deren Vater ihr Gewalt antat, als sie Kind war, später tat er dasselbe mit ihrer Tochter, die Mutter verhinderte es nicht. Ich weiß, dass es das gibt, Ausblenden, Verdrängen, ich habe es selbst erlebt, verstehe es aber nicht, wenn es um die Tochter geht, verstehe es doch, man will es nicht wahrhaben, so einfach, so kompliziert tickt das Gehirn. Schließlich hat sie aber doch hingeschaut, sie haben ihn angezeigt, zwei Frauen, die ihren Mut zusammennehmen und vor Gericht aussagen, was der Vater, der Großvater getan hat. Er leugnete, wurde freigesprochen, die Enkelin nahm sich das Leben.

In der Küche räume ich die Besteckschublade ein. Die van Gogh-Tasse verstaue ich in meiner Tasche, dazu kommt das Tagebuch. Das Fotoalbum ist zu groß, ich nehme es in die Hand.

Die Küche ist aufgeräumt. Im Badezimmer gibt es nichts zu sehen, in dem einzigen Zimmer auch nicht. Lisas Eltern werden kaum eine Spur von ihr entdecken, nur ein paar Bücher und Kleidungsstücke, die nicht viel sagen über sie, Lisa ist lieber unauffällig geblieben.

Den Mietvertrag habe ich gekündigt. „Wir übernehmen natürlich die noch ausstehende Miete", sagte die Mutter am Telefon, als wir einen Termin vereinbarten, ganz die ordentliche Erbin, trauernd und doch gefasst.

Hinter mir fällt die Tür zu. Ich schließe um, als ob das jetzt noch einen Unterschied macht, gehe durch den Flur an anderen Wohnungen vorbei, denke an mein Zimmer in der Dornröschenstadt, möbliert, ein Bett, Arbeitsfläche, Sessel, Einbauschrank, ein Waschbecken, Duschen gab es auf dem Flur, eine Küche gab es nicht. Es war so klein, dass man sich kaum bewegen konnte, aber ein Zimmer für mich allein. In der Dornröschenstadt sollte das Leben beginnen, weit weg von der Reihenhaussiedlung, in der Alice Schwarzer als Hexe galt, weil sie über den kleinen Unterschied sprach, weil sie Simone de Beauvoirs Gedanken nach Deutschland brachte.

Die Dornröschenstadt ist der Traum, das Tor in ein anderes Leben. Das Kind ist fast erwachsen geworden, endlich, will lesen und schreiben, glaubt daran, dass man einen Sinn finden kann, will wissen, wozu man da ist, was das Leben soll, glaubt daran, dass Philosophie diese Frage beantwortet. Das Kind besucht nicht mehr die Dorfbücherei, sondern die Buchhandlung neben der alten Universitätskirche, jeden Tag geht es an Buchrücken vorbei, liest und versucht, seine Lücken zu füllen. Die anderen Studenten können ihr Wissen einordnen, präsentieren sich selbstbewusst, das Kind kann mit ihnen nicht mithalten, ist nicht klug genug, die Stimme sagt es jeden Tag, die sich im Kopf einnistet. Jeden Tag redet sie mehr auf das Kind ein, das in Büchern nach einem anderen Leben sucht.

In der Schule kam nicht viel Literatur zur Sprache, ein bisschen Ernest Hemingway, Max Frischs *Mein Name sei Gantenbein*, der Roman über einen, der sich neu erfindet. Aber es ist nicht Max Frisch, für den das Kind sich interessiert, sondern Ingeborg Bachmann, die Dichterin, die er verlassen hat, die über Todesarten nachdachte und *Malina* verfasste, den gewalttätigen Vater imaginiert und den Spalt in der Wand erwähnt. *Es war Mord*, hat sie geschrieben.

Jeden Tag geht das Kind durch die Buchhandlung neben der alten Universitätskirche, fährt mit dem Fahrstuhl von der Ober- in die Unterstadt. Oben sind die gebundenen Bände, unten die Taschenbücher, eng bedruckt in kleiner Schrift, und doch führen sie in andere Welten.

Das Kind liest Franz Kafkas Erzählung über den, der zum Käfer wird, über die unerklärliche Verwandlung, den Verlust der Menschlichkeit, liest von der Übermacht des Vaters, die Kafka nicht überwinden, über die er aber schreiben konnte. Dann liest es Prousts *Suche nach der verlorenen Zeit*, eine Madeleine wird in Tee getaucht, Erinnerungen kehren zurück und mit ihnen eine ganze Welt.

Tagsüber liest das Kind, nachts geht es durch die alten Gassen der Dornröschenstadt, wenn es nicht schlafen kann, schaut in erleuchtete Fenster, sieht zu, wie andere leben, fahndet nach einem Sinn, findet ihn nicht. Am Tag versucht es, Kant zu verstehen, den Auszug aus der selbstverschuldeten Unmündigkeit, liest Bücher, die nicht in Vorlesungen vorkommen, nicht in der Dornröschenstadt, Gedichte, an denen Professoren nicht interessiert sind, und immer wieder Proust mit seiner Madeleine, bis der erste Splitter im Kopf so lange Gestalt annimmt, dass ein Bild zu sehen ist. Für einen Moment blitzt es auf, bevor es wieder verschwindet, bleibt unerklärlich, surreal, kehrt zurück, ein Kind in der Badewanne, die Hände des Vaters legen sich um seinen Hals, drücken es nach unten, bis die Farben verblassen und die Welt verschwindet.

Das kann nicht sein, denkt das Kind. Mit mir stimmt etwas nicht, der Vater hat es schon früher gesagt. Das Kind wird schneller auf dem Weg durch die alten Gassen der Dornröschenstadt, als ob es dem Splitter im Kopf entkommen kann, dem Bild, das es nicht sehen will. Das kann nicht sein, denkt das Kind, das habe ich nicht erlebt, das ist keine Erinnerung, das ist ein Wahngebilde, ich bin gestört, verrückt, der Vater hat es gewusst, hat es immer schon gesagt.

Prousts *Suche nach der verlorenen Zeit* legt das Kind zur Seite. In seinem Leben gibt es keine verlorene Zeit, es erinnert sich genau an sein Zimmer, an die Bücher, die es gelesen hat, daran, dass die Mutter mit dem Kind gesprochen hat, jeden Tag. Sie trinkt Kaffee, das Kind trinkt Tee und stopft Kuchen in sich hinein, während die Mutter redet, von der Kindheit in der DDR, als es ihr gut ging bei den Großeltern, dann aber kam die Flucht. Die Mutter wollte nicht weg, wollte nicht die enge Wohnung, die schlechte neue Welt im Westen, in der das Leben auseinanderbricht.

Die Mutter ist im Kopf des Kindes geblieben, Quarkkuchen mit Mandarinen und Mandelhörnchen, das Wohnzimmer mit der Schrankwand, der Garten mit dem gemähten Rasen, die Neubausiedlung mit einunddreißig Reihenhäusern. Das alles ist im Kopf des Kindes, wenn es durch die alten Gassen der Dornröschenstadt geht, nachts, wenn es nicht schlafen kann. Das sind Erinnerungen, klar und deutlich. Das war meine Kindheit, das habe ich erlebt, das andere nicht, denkt das Kind. Das Splitterbild ist nicht wahr, kann nicht wahr sein, ich bin verrückt, so muss es sein, der Vater hat es gewusst.

Das Kind ist nicht auf der Suche nach der verlorenen Zeit. Proust legt es zur Seite, hält sich fest an Paul Celan, an dem Dichter, der den Holocaust überlebte und seine Familie verlor. Dennoch hat er der Sprache Zeilen abgerungen, die das Kind wieder und wieder liest, während in seinem Kopf nur Splitter sind, für die es keine Worte findet. Buchstaben verweigern sich, wenn es sie zu Papier bringen will, wollen nichts zu tun haben mit ihm, laufen vor ihm davon.

Paul Celan konnte schreiben, das Kind aber kann nur lesen. Die *Niemandsrose* nimmt es zur Hand, dann *Sprachgitter,* schließlich beginnt Sprache zu tanzen, zu schweben ausgerechnet in der *Todesfuge, Schwarze Milch der Frühe wir trinken sie abends wir trinken sie mittags und morgens wir trinken sie nachts.* Selbst für das Grab in den Lüften fand der Dichter Worte und einen Klang.

Am Ufer der Lahn stehen alte Weiden, verwunschene Gärten sind auf der anderen Seite des Flusses zu ahnen. Das Kind sieht dem Wasser zu, wie es vor sich hinströmt. Es lässt sich nicht aufhalten vom Wehr, fließt immer weiter. Das Kind schaut über den Fluss, will die Niemandsrose ergründen, das Sprachgitter überwinden. Dann aber versteht es, dass es keinen Sinn geben kann, wenn es nicht einmal Sinn gab für Paul Celan, der den Ausweg suchte in der Seine.

Das Kind liest Romane von Virginia Woolf, von der Dichterin, die von einem Zimmer für sich allein gesprochen hat. Seite um Seite schrieb sie, und doch ging sie in die Ouse, nachdem sie Steine in die Jackentasche gesteckt hatte.

Das Kind liest Ingeborg Bachmanns Texte, die auf Widerruf gestundete Zeit wird sichtbar am Horizont, und Undine geht, bis eine brennende Zigarette alles löscht.

Virginia Woolf und Paul Celan gingen ins Wasser, Ingeborg Bachmann ins Feuer. Das Kind steht an der Lahn unter einer Weide, spiegelt sich im Fluss, sieht Undines lange Haare, die sich auffächern in der Strömung.

Im Kopf ist ein Sprachgitter, eine Niemandsrose im Herzen, das Kind ist nicht auf der Suche nach der verlorenen Zeit. Die Vergangenheit liegt klar und offen vor ihm, es erinnert sich an alles, nichts ist verschwunden. Das Kind weiß nur nicht, woher der Splitter kommt, dieses eine Bild, das aufblitzt wieder und wieder, durch den Kopf geistert, sich nicht löschen lässt, nicht zu verstehen ist.

9

Die Lahn ist lange schon Vergangenheit. Heute schaue ich über den Rhein, denke an Lisas Wohnung, in der sie ein neues Leben beginnen wollte, will mein Zimmer in der Dornröschenstadt zur Seite schieben, in dem die verlorene, die bleierne Zeit irgendwann doch auftauchte. Aber die Bilder tun, was sie wollen, damals wie heute. Die verlorene Zeit ist im Kopf, ein Bild blitzt auf, Töne kommen dazu, ein Kind in der Badewanne, Schritte auf der Treppe, ein Schatten am Bett.

Lisa hat nie vergessen, was der Stiefvater getan hat, nicht eine Sekunde. Ich aber habe einen Teil meines Lebens verkapselt und weggelegt, das Kind in der Badewanne und die Nächte danach, auch wenn ich es nicht verstehe, nicht wirklich, nicht verstehe, dass man etwas erleben und nichts davon wissen kann, dass es ein Tag- und ein Nachtleben gibt.

Man hört Schritte auf der Treppe, bis ein Schatten auftaucht am Bett. Am nächsten Morgen weiß man nichts mehr davon, geht zur Schule, lernt lesen, schreiben, rechnen, später Algebra und Latein. Man weiß, dass etwas nicht stimmt, aber man weiß nicht, was es ist. Man geht aus dem Haus, kehrt zurück jeden Nachmittag, trinkt Tee mit der Mutter, stopft Quarkkuchen mit Mandarinen in sich hinein, liest *Winnetou* und *Durch die Wüste*, für einen Nachmittag ist man in der Prärie, im Sand, in der Freiheit. Abends hört man Schritte auf der Treppe, fragt sich, ob sie näherkommen, geht am Morgen zur Schule, erinnert sich an die Bücher, die man liest, aber nicht an das, was am Abend war.

Lisa wusste dagegen alles, konnte nichts vergessen, vielleicht weil sie älter ist, als es beginnt, weil es langsam losgeht, mit Gesten und Geschenken, während ein dreijähriges Kind in der Badewanne liegt und glaubt, dass es stirbt, weil die Farben verblassen und die Welt verschwindet.

Die Lahn ist Vergangenheit, die Badewanne erst recht. Heute glitzert der Rhein in der Sonne, die nach Regentagen wieder an einem wolkenlosen Himmel scheint. Ich wünschte, dass ich die Zeit mit Lisa besser genutzt und ihr gesagt hätte, warum ich sie verstehe. Aber der Bann liegt immer noch auf mir, der Spruch eines Zauberers und seiner Frau, wirkmächtig, auch wenn er vor langer Zeit verhängt wurde. „Du darfst nicht über das reden, was wir tun", hat der Vater gesagt. „Du musst die Klappe halten, still sein und ein braves Mädchen."

Mit Lisa hätte ich darüber sprechen können, dass der Zauberspruch im schlimmsten Fall den Tod bewirken würde, den wir aber doch beide im Sinn hatten. Etwas ist Kind geblieben in uns, will sterben, trotz seiner Todesangst, läuft Amok, wenn es eine Stimme hört, die so klingt wie der Vater, wenn es einer Frau begegnet, die aussieht wie die Mutter. Manchmal reicht eine Brille wie die, die sie trägt, und etwas in mir erstarrt, will wegrennen im ersten Moment, stellt sich tot im nächsten, wird zum Chamäleon, passt sich an bis zur Unkenntlichkeit, verliert sich auch dieses Mal, und wenn ich wieder allein bin, frage ich mich, warum ich mich auflöse, auch heute noch, nicht ich sein kann, sondern zum Kind werde, jeden Tag wieder, warum etwas in mir Amok läuft, die Erwachsene ausradiert, ein anderes Leben unmöglich macht.

Lisa hat sich immer an alles erinnert. Getrieben war sie dennoch, auch ihr Bewusstsein war aus den Fugen geraten. Immer noch hatte sie Angst vor dem Stiefvater, vor der Mutter, blieb unter dem Radar, bis ihr ein Fehler unterlief, bis sie die Polizei rief, weil jemand in ihre Wohnung eingebrochen war.

Als die Polizei bekannt gab, dass Lisa nicht tot ist, dass sie nicht ermordet worden ist damals in der Heimatstadt, alarmierte das jemanden, der sie auslöschen wollte. Die Erinnerung an ihre Kindheit darf nicht zur Sprache kommen, ich bin mir sicher, dass es darum geht. Die Mutter hat sie nicht getötet, sie war nie beteiligt, hat nichts getan, keine Schuld auf sich geladen, das war immer ihr Mantra. Der Stiefvater hat Lisa ebenfalls nicht getötet, sein Alibi hält stand. Für mich schreit alles nach dem Bruder, für die Polizisten dagegen nicht. Es gibt keine Beweise, sagen sie, und warum hätte er die Schwester töten sollen? Er hatte kein Motiv, war ihr verbunden, das ist so unter Geschwistern.

Ein Band gibt es immer, das gewebt ist zwischen Eltern und Kind, zwischen Bruder und Schwester, aber nicht immer ist es ein gutes Band. Der Bruder mochte Lisa nicht, ihm gefiel nicht, dass der Stiefvater mit ihr zusammen sein wollte, ihr Geschenke mitbrachte, sich um sie bemühte. Der große Bruder wollte haben, was der Stiefvater hatte, traute sich nur nicht, auch wenn sich niemand vorstellen mag, dass ein Bruder Hand anlegen will.

Schließlich hat der Stiefvater auch ihn umgarnt, ihn eingebunden, eingesponnen. Der Stiefsohn wurde Verbündeter, er war es, der Druck auf Lisa ausübte, sie warnte, etwas preiszugeben. Wenn sie erklärt hätte, warum sie abgetaucht ist, hätte auch er viel verlieren können, sein Ruf, der Ruf der Kanzlei stand auf dem Spiel. Und er hasst Lisa, weil der Stiefvater von ihr besessen war, sie mehr, sie anders mochte als ihn.

Lisa hat seinen Drohungen geglaubt, vor dem Bruder hatte sie die meiste Angst. Vor ihm ist sie geflohen, das hat sie mir gesagt. Jetzt hat er sie getötet, ich bin mir sicher, nur beweisen kann ich es nicht.

Der Trommler taucht im Kopf auf, der Feuerteufel, und mit einem Mal schaut Undine mich an mit einem Feuerblick aus dem Wasser. Sie schaut mich tatsächlich an, das hat sie noch nie getan.

Aber auch die Stimme bleibt im Kopf und lässt sich nicht zum Schweigen bringen. Es ist Unfug, was du dir zusammenreimst, sagt sie, du hast keine Beweise, weder gegen den Stiefvater noch gegen den Bruder. Das sind alles nur Mutmaßungen, nichts, was vor Gericht standhalten, nichts, was man weiter verfolgen kann.

10

Der Mond ist zu einer schmalen Sichel am schwarzen Himmel geworden. Kaum jemand ist unterwegs, auch die Flugzeuge formieren sich noch nicht zur Landung. Es macht keinen Sinn, lass es sein, sagt die Stimme im Kopf. Sie hat Recht, ich starte dennoch den alten Polo, der laut geworden ist mit den Jahren.

Es macht keinen Sinn, in die Heimatstadt zurückzukehren, wiederholt die Stimme im Kopf.

Es ist aber besser, dorthin zu fahren, als am Schreibtisch zu sitzen, aus dem Fenster zu schauen und noch schlechtere Auftragsarbeiten zu schreiben als sonst, weil ich mich nicht konzentrieren kann. Niemand weiß, dass ich unterwegs bin, niemand sieht mich, niemand nimmt mich wahr. Ich bin nur eine Niemandsfrau in einem alten Polo, früh morgens auf der Autobahn.

Die Kanzlei von Lisas Stiefvater habe ich über Google gefunden, eine Kanzlei für Wirtschaftsrecht. Die Website macht einen kühlen Eindruck. Aber etwas persönlich soll es doch sein, und alle Mitarbeiter erscheinen auf dem Bildschirm mit einem Foto. Den Stiefvater habe ich schon bei der Pressekonferenz gesehen. Jetzt kann ich mir auch von Lisas Bruder ein Bild machen.

Angerufen habe ich mit einem alten Handy, ein Journalisten-Account, für den ich keine Grundgebühren zahlen muss, den ich nie gekündigt habe, auch wenn ich ihn nicht benutze. Sicherlich wird niemand meinen Anruf überprüfen, und wenn doch, wird man leicht auf mich kommen. Ich habe trotzdem lieber das alte Handy benutzt, habe gesagt, dass ich eine neue Klientin bin, dass Lisas Bruder mir empfohlen wurde.

„Morgen früh hat er Termine", antwortete die Sekretärin. „Um elf Uhr können Sie aber vorbeikommen. Eine Stunde kann ich für Sie einräumen. Mehr geht leider nicht, weil sein Terminkalender aus allen Nähten platzt. Aber das ist doch ein Anfang."

Für mich reicht es. Ich will den Termin nicht wahrnehmen, wollte nur sicher sein, dass der Bruder in der Kanzlei ist, glaube der Sekretärin nicht, dass er vorher schon Termine hat.

Nein, natürlich nicht, du hast dir sein Foto angeschaut und weißt jetzt, wie er tickt, sagt die Stimme im Kopf.

Ich glaube, dass er lange Zeit fleißig war, sich die Sohn-Stelle erarbeitet hat und es sich jetzt gönnt, später zu kommen. Es ist aber egal, ob ich Recht habe oder nicht. Entscheidend ist nur, dass er in der Kanzlei ist und ich ihn sehe.

Lange schon bin ich nicht mehr Richtung Norden gefahren, versuche, nicht an die Eltern zu denken und an den Bruder, stelle das Radio an, höre aufgeweckten Moderatoren zu, die erzählen, dass es noch keine Staus gibt, und die Züge sind pünktlich. Ich hätte nicht fahren sollen, denke ich jetzt auch, ich wollte nie wieder in diese Stadt. Es macht keinen Sinn, dorthin zurückzukehren, die Stimme hat Recht, es ist idiotisch, nichts wird sich ändern.

Ich fahre weiter, lasse Musik an mir vorbeirauschen und die aufgeweckten Moderatorenstimmen, schalte das Radio aus, als ich den WDR nicht mehr empfangen kann. Den NDR will ich nicht hören, es reicht, dass ich auf dieser Autobahn unterwegs bin und an Orten vorbeikomme, die ich lange schon von meiner Landkarte gelöscht habe.

Kurz vor der Stadtgrenze stelle ich das Navi ein, fahre weiter in einen Sonnenaufgang, der sich unter Wolken verbirgt. Das Navi leitet mich über eine Ausfahrt, die ich nicht kenne. Die Stadtautobahn wurde gebaut, als ich schon weg war. Es macht nichts, ich muss mich nicht auskennen, folge der Ansage über Straßen, auf denen jetzt etwas mehr los ist, aber immer noch nicht viel. Schnell bin ich im Innenstadtbereich. Es ist hell geworden, aber ich erkenne nur wenig. Nach der Schulzeit bin ich manchmal noch zu den Eltern aufs Dorf gefahren, nie war ich wieder in der Stadt.

Die Kanzlei von Lisas Stiefvater ist in dem Viertel, in dem ein paar Fachwerkhäuser überdauert haben. An diese Gegend erinnere ich mich. Als ich sie zuletzt sah, schienen die alten Häuser mitgenommen. In der Zwischenzeit wurden sie restauriert, wirken fast wie neu, das Viertel ist schick geworden.

Das Navi führt mich zur Kanzlei, die in einem Neubau residiert. Ich finde einen Parkplatz in der Nähe, gehe zurück, an dem Büro des Stiefvaters vorbei, einmal um den Block, sehe das Parkhaus, in dem Mandanten ihre Autos abstellen können. Ich könnte auf der Bank gleich gegenüber warten, will aber nicht sichtbar sein, entscheide mich für das Café, das gleich öffnen wird. Noch einmal gehe ich um den Block, dann die paar Schritte bis zum Park. Früher waren hier nur Grünanlagen, inzwischen wurde ein Shoppingcenter hochgezogen. Mit dem Park verbindet mich nichts, der Fluss, an den ich manchmal denke, fließt anderswo.

Ich kehre zurück in die Straße mit den Fachwerkhäusern, bestelle im Café einen Latte Macchiato, bezahle sofort, um jederzeit gehen zu können.

Lange muss ich nicht warten, bis der Stiefvater auftaucht. Sein Wagen steht sicherlich im Parkhaus, den Schlüsselbund hält er in der Hand. Er schließt die Haustür auf und verschwindet hinter ihr. Ich fühle nichts, denke nichts, aber der Trommler taucht im Kopf auf, der Feuerteufel. Ich drücke zu, halte das Glas, in dem der Latte Macchiato war, so fest, als ob ich es erwürgen könnte.

Ich stelle es zurück auf den Tisch und begegne dem Blick einer Frau, die draußen auf der Bank sitzt. Sie sieht nicht so aus, als ob sie in eins der Büros gehört, ist nachlässig gekleidet, die Haare sind in einen lockeren Pferdeschwanz gebunden. Einen Block hält sie in der linken Hand, einen Stift in der anderen. Ich weiß nicht, wie stark die Fensterscheibe spiegelt, ob sie mich wirklich sehen kann. Jetzt schaut sie wieder auf ihren Block, scheint nicht zu schreiben, sondern zu zeichnen.

Die Kellnerin fragt, ob sie das Glas mitnehmen kann. Ich bestelle einen zweiten Latte Macchiato. Etwas Beruhigendes wäre besser, aber ich habe mir keine Zeit zum Überlegen gelassen, schütte Zucker auf den Milchschaum, rühre um, halte das Glas in beiden Händen, sehe der Frau auf der Bank zu, die immer noch zeichnet.

Ein paar Leute gehen vorbei, ein Mann schließt die Haustür gegenüber auf, wahrscheinlich gehört er zur Kanzlei. Ich atme wieder, bestelle ein Mineralwasser, bezahle sofort, es ist mir egal, dass die Kellnerin mich seltsam findet.

Ein weiterer Mann nähert sich, eleganter Anzug, anthrazit, schwarze Schuhe, helle, aber dezente Krawatte. Lisas Bruder gönnt es sich, nach dem Stiefvater zu erscheinen, ist aber früher dran, als ich dachte. Die Frau auf der Bank schaut von ihrem Block auf. Ich stelle das Wasserglas auf den Tisch, atme weiter, weiß nicht, was ich tun soll, bleibe sitzen, weiß immer noch nicht, was ich hier will. Ich wusste schon vorher, dass die beiden in diesem Haus arbeiten. Jetzt habe ich sie gesehen, den Stiefvater und den Bruder, zwei Männer in teuren Anzügen, die eine Tür aufschließen.

Sie wird von innen geöffnet, Lisas Stiefvater tritt auf die Straße. Meine Hand würgt das Wasserglas, ich stelle es ab, nehme meine Jacke und die Tasche, gehe nach draußen, vorbei an der Frau auf der Bank. Der Stiefvater geht Richtung Fußgängerzone, ich weiß nicht, warum ich ihm folge, ich bin wegen Lisas Bruder hier.

An einer Ampel bleibt der Stiefvater stehen, ein paar Meter lasse ich zwischen uns. Vor der Fußgängerzone biegt er nach rechts ab, an irgendwelchen Geschäften vorbei, überquert eine Straße. Ein Wohnwagen versperrt mir die Sicht. Es ist ein weißer Wohnwagen, ein älteres Modell, an dem ich nicht vorbeikomme, ein Modell ähnlich wie damals, als zwei Männer und ein Mädchen in ihm waren. Die Männer sind nackt und trinken Bier. Das

Kind soll sich ebenfalls ausziehen, die Männer sehen zu. „Stell dich nicht so an", sagt der Vater, und sein dicker Freund lacht.

„Setzen Sie sich, Sie sehen ganz blass aus." Ich habe keine Ahnung, wo ich bin. Vor mir steht die Frau, die vor dem Café gezeichnet hat. „Ich hole etwas Warmes zu trinken", sagt sie.

Ich sitze auf einer Bank, komme nur langsam wieder zu mir. Die Frau hat mich von der Straße weggeführt, weg von dem Wohnwagen. Ich sitze auf einer Bank im Park, habe die Fassade des Shoppingcenters im Blick. Hinter ihm liegt das Viertel mit den alten Fachwerkhäusern und der Kanzlei des Stiefvaters.

„Ich habe Ihnen einen Kakao mitgebracht. Sie wirkten so, als ob Sie einen Geist gesehen haben."

Das habe ich auch. „Stell dich nicht so an", sagt der Vater, und der dicke Freund lacht. Das Kind soll sich ausziehen, soll auf und ab gehen. Bis heute weiß ich nicht, warum es nicht die Tür des Wohnwagens öffnet und geht. Die Tür ist offen, es könnte die Männer hinter sich lassen. An dieses Kind wollte ich mich nicht erinnern. Auch wenn nicht viel passiert ist, dieses Mal nicht, glaube ich, nur zwei Männer machen sich lustig über ein Kind.

Der Kakao wärmt die Finger durch den Pappbecher. Ich weiß nicht, was ich hier tue, alles ist unwirklich, Lisas Bruder, der Stiefvater, der Wohnwagen, die Frau neben mir. Ich weiß nicht, was ich sagen soll. „Wie kommt es, dass Sie hier sind? Vorhin habe ich Sie auf der Bank vor den Fachwerkhäusern gesehen, das waren Sie doch, oder?"

„Ich bin Ihnen gefolgt." Sie sagt das so, als ob das normal ist. „Sie wirkten angespannt, und als Sie sich Mr. Anwalt an die Fersen geheftet haben, war ich dabei."

„Aber warum?"

„Warum nicht? Ich habe Zeit, beobachte, zeichne, sammle Geschichten. Ihren Anwalt habe ich auch gezeichnet." Sie hält mir den Block hin, den sie in einer Stoffumhängetasche mit sich getragen hat. Ein Blatt mit wenigen schwarzen Strichen, eine Kohlezeichnung, ein schlanker Mann ist zu erkennen. Die gerade Haltung stimmt perfekt, er wirkt souverän und energisch. Das Gesicht aber ist das Meisterstück. Der Stiefvater sieht ernst aus, eine Stütze der Gesellschaft, man kann aber auch etwas anderes ahnen.

„Kennen Sie ihn?"

„Ich habe ihn schon öfter gesehen. Ich sitze gern dort vor dem Café und zeichne Passanten. Aber ich kenne ihn nicht."

„Sie haben ihn so gezeichnet, wie ich ihn sehe."

„Das habe ich vermutet, als ich Sie beobachtet habe. Was verbindet Sie mit ihm?"

Ich weiß nicht, ob ich darauf antworten will. Die anderen im Kopf sind still, keiner rührt sich, als ob immer noch niemand wieder atmet.

„Er ist der Stiefvater einer Freundin, die ermordet wurde. Ich wollte ihn und ihren Bruder sehen." Als ich es ausspreche, klingt es verrückt. Aber die Fremde neben mir lässt es stehen.

Mehr sage ich nicht, sie schweigt ebenfalls. Ich will nicht über Lisa reden, nicht über den Stiefvater und den Bruder, will überhaupt nicht mehr reden. Ich trinke einen Schluck Kakao, er ist dünn, schmeckt nicht, nicht so, wie Kakao schmecken soll, aber er ist immer noch warm.

„Leben Sie vom Zeichnen?" Ich habe das Gefühl, etwas sagen zu müssen.

„Ein wenig schon, wenn das Wetter es zulässt. Ich gehe durch die Straßen, setze mich irgendwohin, zeichne Menschen, und wenn ich Glück habe, kaufen sie ein Bild."

Sie blättert in ihrem Block, zeigt mir die Seiten, die sie nicht verkauft hat. Sie fängt Momente ein, Blicke, ein Lächeln, Hoffnung, Träume, bringt einen Menschen auf den Punkt, ihr gelingt, was eigentlich unmöglich ist. Sie könnte sicherlich besser von ihren Zeichnungen leben, wenn sie ihre Werke nicht auf der Straße verkauft.

„Dann müsste ich mich aber anpassen, an Kunden, Galeristen, Redaktionen, an den Markt. Ich müsste zeichnen, auch wenn ich keine Lust dazu habe, müsste mich an Abmachungen halten, müsste tun, was andere wollen. Gerade das will ich aber nicht."

Sie beobachtet und zeichnet, wenn ein Gesicht sie anspricht, ein Ausdruck, eine Körperhaltung, manchmal sitzt auch jemand Modell, erzählt sie mir. Viel Geld braucht sie nicht. Oft wohnt sie heimlich in verlassenen Häusern, wenn jemand gestorben ist, bis die Erben aufräumen und verkaufen.

„Zurzeit lebe ich in einem Haus, das der katholischen Kirche vermacht wurde. Aber die Kirche weiß nicht, was sie mit ihm anfangen soll, und deshalb passiert erst mal nichts. Nicht einmal Strom und Wasser wurden abgestellt. Die Jalousien sind heruntergelassen, niemand sieht mich, ich kann Licht machen und sogar duschen."

Einen Wintergarten ohne Jalousien gibt es auch, in dem sie von niemandem gesehen wird. „Ein paar Tage will ich dort bleiben, bevor ich weiterziehe. Wenn ich Glück habe, kommt nicht einmal jemand vorbei, um nach dem Rechten zu sehen."

Wir sitzen nebeneinander auf der Parkbank, haben die Fassade des Shoppingcenters im Blick, jetzt aber sieht sie mich an. „Kennen Sie Jack Reacher?"

Ich kenne ihn tatsächlich, ein Romanheld, Ex-Militärpolizist, der durch die USA vagabundiert, seit er den Dienst quittiert hat, so frei, wie man nur sein kann, ohne Gepäck, festen Wohnsitz, Auto, Versicherungen. Er trägt billige Kleidung, die er nach ein paar Tagen wegwirft und durch neue ersetzt, hat nur eine Klappzahnbürste dabei und seit dem elften September einen Pass. Er hält Kontakt zu niemandem, niemand weiß, wo er ist.

„So wie Reacher durch Amerika reist, ziehe ich durch Deutschland, bin mal hier, mal da, zeichne, wenn ich Lust dazu habe. Das Geld reicht, weil ich keine Miete zahle, kein Auto habe, keine teure Kleidung brauche."

Sie ist nicht so abgetaucht wie Lisa. Sie hat ein Konto, auf dem eine kleine Erbschaft liegt, erzählt sie mir, vielleicht stimmt es auch. Sie könnte sich ein anderes Leben leisten, will es aber nicht.

11

Die Sonne wandert am Himmel, ich sehe ihr dabei zu und weiß doch, dass sie fest am Himmel steht, dass ich etwas sehe, was nicht geschieht. Die alte Fähre bewegt sich tatsächlich, bringt Autos über den Rhein, deren Fahrer keine der Brücken nehmen wollen. Ich bin zu weit weg, um Einzelheiten zu erkennen, die Radfahrer sehe ich nicht, die sicherlich auf der Fähre sind und auf die andere Rheinseite wollen, auch für die Autos reicht es kaum, nur für das Boot, das der Kapitän trotz Strömung sicher lenkt, bis fast zur Kaiserpfalz. Ich weiß, dass sie dort ist, kann aber auch sie nicht sehen. Nur die Fähre kommt ab und zu in meinen Blick. Wie an einem Band gezogen pendelt sie von einer Rheinseite zur anderen.

Wieder arbeite ich nicht, als ob auch ich eine Erbschaft auf dem Konto habe, es mir leisten könnte, nicht zu arbeiten, wenn ich keine Lust dazu habe, so wie Sibylle. Ihren Namen wollte ich wissen, die anderen Fragen habe ich nicht gestellt, warum sie ausgerissen ist vor vielen Jahren, wie sie überlebt hat, wie sie an die Bankverbindung gekommen ist, warum sie nicht irgendwo bleiben mag, wie es ihr damit geht, immer allein zu sein.

Für den Kakao wollte ich ihr Geld geben und für die Zeichnung von Lisas Stiefvater. Sie wollte es nicht annehmen. „Ich bin nicht wirklich obdachlos, nicht bedürftig", sagte sie. „Zurzeit habe ich sogar ein ganzes Haus." Sie hat es mir leicht gemacht, ihr Leben in einem positiven Licht zu sehen, Freiheit, Unabhängigkeit, Eigensinn, nicht auf die Schattenseiten ihres Ungebundenseins zu achten.

Die Zeichnung wollte ich bezahlen, aber nicht mitnehmen. Ich will kein Bild haben von Lisas Stiefvater, keine Erinnerung an die Heimatstadt, nicht an den Tag gestern, will keine Spuren hinterlassen, als ob ich etwas falsch gemacht habe, als ob auch ich mich nicht aus der Deckung wagen darf. Ich bin verrückt, ich weiß, dafür brauche ich nicht die Stimme im Kopf.

Es war sinnlos, in die Heimatstadt zurückzukehren. Natürlich habe ich nichts gesehen, was von Bedeutung ist, nur den weißen Wohnwagen, der jetzt auch noch in meinem Kopf herumgeistert.

Die Fähre kreuzt weiterhin den Rhein, fährt auf das Flussufer mit der Kaiserpfalz zu. Zoll wurde eingetrieben, Barbarossa soll einmal dort gewesen sein. Viel mehr als eine Steinwand ist nicht stehengeblieben, pittoreskes Überbleibsel der Geschichte, so unbedeutend, dass man nicht einmal Eintritt zahlen muss, um die unebenen, mit Gras bewachsenen Steinstufen nach oben zu gehen und über den Rhein zu schauen.

Fast denselben Blick hat man vom Nachbargrundstück, vom Burghof, ein Kneipencafé wie das, in dem ich Lisa kennengelernt habe. Ich war zu früh für einen Termin, ein Café war in der Nähe, in dem ich warten konnte, das mich an die Dornröschenstadt erinnerte, schlichte Holztische, die Wände mit Fotos von Philosophen und Literaten behängt. Ich bestellte einen Latte Macchiato, fragte nach den Bildern an den Wänden.

„Sie sind nur Deko", antwortete Lisa. „Keiner von ihnen war jemals hier."

Ihre Antwort war sachlich, klang nicht abschätzig, sondern offen, wir unterhielten uns über die Fotos an der Wand und über Bücher, die uns wichtig sind, bis Lisa zum nächsten Gast musste.

Aber sie kehrte zurück. Damals las sie Klaus Theweleits *Das Lachen der Täter*, wollte etwas erfahren über Männer, die Spaß haben an Gewalt, die lachen, wenn sie töten, wie Anders Breivik, als er siebenundsiebzig Menschen erschoss.

Ein paar Mal bin ich noch in das Café gegangen, in dem Lisa bediente. Danach trafen wir uns am Rhein und bei schlechtem Wetter in anderen Cafés, ab und zu, wenn keine von uns arbeiten musste. Wir hätten uns öfter treffen, ich hätte ihr mehr von mir erzählen sollen, von dem Kind, das weglaufen wollte, sich aber nicht traute und immer noch in meinem Kopf ist, als ob es das Reihenhaus nie verlassen hat.

Gestern habe ich überlegt, ob ich dort vorbeifahre, mir die Siedlung anschaue, in der das Kind aufgewachsen ist. Es lief nicht weg wie Sibylle, kehrte zurück jeden Tag, lebte ein Leben wie ein Uhrwerk.

Morgens verlässt das Kind das Haus, mittags kehrt es zurück in die Siedlung. Nachmittags gibt es Kuchen, die Mutter trinkt Kaffee und fragt, wie es in der Schule war. Das Kind geht in sein Zimmer, erledigt Hausaufgaben, später nimmt es eine Schablone, legt sie auf ein Blatt

Papier, zeichnet geometrische Formen mit einem Bleistift, füllt die Flächen mit Filzstiften aus, setzt sich auf das Sofa, schaut aus dem Fenster, sieht zu, wie Stromleitungen den Himmel zerschneiden.

Wenn die Mutter Butter vergessen hat, geht das Kind zum Edeka-Laden, es sind nur fünfhundert Meter. Es kann auch das Fahrrad nehmen, durchs Dorf fahren, ein Stück Butter kaufen und zurückkehren. Oder es fährt mit dem Fahrrad in die Gaststube, in der es nach Zigarettenrauch riecht. Zwei Männer sitzen am Tresen, vor ihnen stehen Gläser mit Bier. Sie lassen das Kind nicht aus den Augen, das die Bild-Zeitung kauft.

„So schlimm ist es nicht, dorthin zu fahren", sagt die Mutter, als das Kind ihr die Zeitung gibt. Nichts ist schlimm, dem Kind geht es gut, es hat Leberwurstbrote und Mandarinen, anders als die Mutter nach der Flucht aus der DDR, es hat ein Zimmer, ein Fahrrad, einen Ausweis für die Bücherei.

Die Mutter liest die Schlagzeilen. „Wie furchtbar", sagt sie. Die RAF hat der Bundesrepublik den Krieg erklärt. Das Kind sieht Waffen und Tote auf den Fotos, setzt sich auf das Sofa in seinem Zimmer, liest *Old Shatterhand*, stellt sich vor, wie es wäre, Winnetous Silberbüchse in den Händen zu halten, oder ein Messer wie das der Trapper, wie es wäre, einem anderen die Waffe in den Hals zu stechen, man ritzt Zeichen in seine Haut, schreibt mit seinem Blut Worte an die weiße Wand. Das wäre leicht, die Wände sind leer.

„Es werden keine Poster aufgehängt", sagte die Mutter. Als das Kind es doch tat, nahm sie die Poster ab, zerriss sie und ließ die Wände neu tapezieren, damit es keine Spuren gibt von den Stecknadeln, mit denen das Kind Bilder befestigte. Jetzt könnte es mit Blut Worte an die Wände schreiben, sie sind weiß und leer.

12

Am Himmel formieren sich Flugzeuge zur Landung. Am Boden steht der Graureiher im braunen Feld, unbewegt. Ich sitze am Schreibtisch, trinke Tee, schaue aus dem Fenster, schreibe nicht, nicht einmal mehr Auftragsarbeiten bekomme ich hin.

Ich muss raus, bevor ich durchdrehe, besuche die Sporthalle im Nachbarort, setze mich auf die Tribüne, ein Ball segelt in meine Richtung. Es wäre nicht schlimm, wenn er mich treffen würde, die Mädchen haben nicht viel Kraft in den Armen. Sie sind trotzdem erschrocken, entschuldigen sich, wissen, wie sie mit Erwachsenen umgehen sollen, sind höflich, die Dressur hat längst begonnen.

Ihre Trainerin habe ich kennengelernt, als ich einen Artikel schreiben sollte über das Ehrenamt im Sport. Annette war eine meiner Gesprächspartnerinnen. Früher hat sie selbst Handball gespielt, trainiert jetzt die Mannschaft ihrer Tochter. Ich habe ihr erzählt, dass ich einen Artikel über Handballmädchen plane. Sie hat es mir abgenommen, mir erlaubt, beim Training zuzusehen.

Die Mädchen haben mehrere Runden im Dauerlauf durch die Halle gedreht und sich Bälle zugeworfen, einer ist neben mir gelandet. Jetzt stellen sie sich für Siebenmeterwürfe auf. Die Torhüterin versucht, sich schnell zu bewegen, will Profis imitieren, die den Schützen aus dem Konzept bringen wollen. Die Nächste geht zum Siebenmeter-Punkt, auch sie versucht, wie einer der coolen Typen aus der Bundesliga zu agieren. Die Torhüterin zappelt, der Ball geht neben das Tor.

Nur eines der Mädchen kann gut werfen. Es macht nichts, sie üben weiter, sind auch deutlich besser geworden, seit ich sie das letzte Mal gesehen habe.

„Kommt, Mädels, schneller, wer lacht, trainiert nicht richtig!", ruft Annette ihnen zu, schickt sie wieder für ein paar Runden durch die Halle.

Ich kenne sie nicht, weiß nicht mal ihre Namen, stelle mir aber vor, dass sie normale Mädchen sind, eine Gegenwart haben und eine Zukunft. Viele Würfel sind längst gefallen, ich weiß, stelle mir trotzdem vor, dass ihnen die Welt offensteht. Die gute Schützin wird in der Bundesliga punkten. Die Rückraumspielerin wird Abenteurerin, Meeresbiologin vielleicht, die Wale und Delphine erforscht, oder sie ist bei der Rallye Paris Dakar dabei. Die Kreisspielerin, die noch üben muss, die Ellenbogen auszufahren, wird ein DAX-Unternehmen führen, und die Schlaksige, die links außen spielt, aber ein wenig entrückt wirkt, wird Schriftstellerin.

„Los, Mädels, Endspurt! Jetzt gebt noch mal alles!" Sie sprinten durch die Halle. Annette ist realistisch genug, sie nur rennen zu lassen, erst zum Schluss kommen die Bälle dazu. Das klappt nicht, aber die Mädchen lachen, als sie in die Umkleidekabine gehen.

Mit dem alten Polo fahre ich bis zum anderen Ende der Stadt, parke am Friedhof. Ich versuche immer, vor den Therapiestunden so früh anzukommen, dass ich an den Gräbern vorbeigehen und Stille atmen kann. Viele, die hier beerdigt sind, sind siebzig, achtzig Jahre alt geworden. Einer aber ist jung bei einem Motorradunfall ums Leben gekommen, auch ein Kind liegt hier begraben. Ich will es nicht, aber immer bleibt mein Blick an Steinen hängen, auf denen das Geburtsjahr der Mutter verzeichnet ist oder das des Vaters, andere in ihrem Alter, die lange schon tot sind.

„Was wollen Sie noch erreichen?", ist auch heute wieder die Frage des Therapeuten. Meine Erinnerungen will ich loswerden, das Kind, das in der Badewanne ertrunken ist, den Trommler, den Feuerteufel. Ich will, dass der Therapeut meine Psyche auf Vordermann bringt und die Störungen beseitigt, so wie man ein Auto in die Werkstatt bringt, und am Ende läuft der Motor rund.

Ich weiß, dass Therapie so nicht funktioniert, dass ich froh sein kann, wenn die Stimme im Kopf einmal leise ist, nicht jede Auftragsarbeit zerpflückt, die ich schreibe, nicht so schlimm wie früher. Ich weiß es, will trotzdem, dass der Motor rundläuft, will ein normales Leben.

Oft habe ich schon in dem taubenblauen Sessel gesessen, in die Muster des rot-schwarzen Teppichs geschaut, weiß aber wieder nicht, wie ich anfangen, was ich sagen soll. Ich möchte eine gute Patientin sein, der Trommler, der Feuerteufel will es nicht, ich suche nach realistischen Zielen, finde sie nicht, will aufspringen, abhauen, bleibe sitzen, sehe den Vater im Gegenüber. Ich weiß es und kann es doch nicht ändern.

Ich will über Lisa sprechen, über ihre und meine Familie, über Rache und Gerechtigkeit, will, dass ich eine andere werde, dass Undine zu mir an Land kommt, der Trommler, der Feuerteufel Ruhe gibt, dass ich endlich das Tagebuch des Kindes schreibe, kann es aber nicht, kann nicht die Vergangenheit loslassen und die Gegenwart annehmen, wie sie ist, warte immer noch auf das Wunder, als ob eine Methode es vollbringen kann, die damit begann, dass Sigmund Freud die Geschichten seiner Patientinnen als Fantasie deklarierte, Wunschfantasien, weil Töchter nichts sehnlicher wollen, als dass ihnen der Vater nahe kommt. Vielleicht hat er Recht, vielleicht will eine Tochter das. Manchmal geschieht es tatsächlich, und sie ist selbst schuld, sagt der Vater.

13

Am Himmel formieren sich Flugzeuge zur Landung. Am Boden steht der Graureiher im braunen Feld, unbewegt. Ich sitze am Schreibtisch, trinke Tee, schaue aus dem Fenster, bin die, die ich immer war. Nichts ändert sich, ich schreibe Auftragsarbeiten, heute sind Lebenshilfe-Ratgeber dran. Ihre Verkaufszahlen steigen, weil immer mehr lesen wollen, wie man glücklich lebt, stressfrei, gesund, achtsam. Am besten soll das verpackt sein in einer netten Geschichte, die sich von selbst erklärt, und wenn man fertig ist mit dem Buch, hat man den Werkzeugkasten, den man braucht, und das Leben läuft rund.

Die Interviews mit Lektoren habe ich geführt, muss ihre Äußerungen nur noch zu einem stimmigen Text zusammenfügen. Neben dem Laptop liegt die Karte, die Lisas Familie verschickt hat. Sie zeigt den Tod des Menschen an, den ich auf einer Bank am Rhein gefunden habe, die Tochter, die Schwester, die vor ihnen weggelaufen ist, die alles getan hat, damit die Familie sie nicht findet. Jetzt trauern sie um die Verlorene, die sie gerade erst gefunden hatten. Sie glauben an ein Wiedersehen, heißt es in der Todesanzeige. Für Lisa hoffe ich, dass es dazu nicht kommen wird.

Ich kaufe eine schwarze Rose, bin schon wieder auf dem Weg zum Rhein. Ich will Lisa nicht das letzte Geleit geben, nicht in der Heimatstadt, will es doch. Ihr ist es egal, sie ist tot, welchen Sinn macht es, Abschied zu nehmen? Alles, was ich ihr sagen wollte, bleibt unausgesprochen, sie ist verschwunden, endgültig, wird mich nie wieder hören.

Ich habe die Bank am Rhein, um mich zu erinnern, will nicht am Begräbnis teilnehmen, will es doch. Lisas Mutter wird Rosen auf den Sarg werfen, rote Rosen, ich bin mir sicher, als Zeichen ihrer großen Liebe. Ich will die Blumen aus dem Grab holen, jede verdammte rote Rose, werde die Blütenblätter abreißen, mit den Dornen der Mutter das Gesicht zerkratzen, dem Stiefvater sagen, was ich von ihm halte, werde ihm sagen, dass Lisa mir alles erzählt hat. Ich weiß Bescheid, werde ich sagen, Kinderschänder, doch, das werde ich sagen, ich werde dieses ekelhafte Wort benutzen, Kinderschänder, ich werde es aussprechen, laut und deutlich, werde sagen, dass Lisa alles auf Band gesprochen hat. Das hat sie nicht, aber ich werde es behaupten, das bin ich ihr schuldig, auch wenn sie tot ist.

Was soll das?, fragt die Stimme im Kopf. Nichts ändert sich, wenn du eine Szene am Grab machst, es wird nur peinlich für dich. Lisa ist tot, ihr ist es egal, warum willst du an ihrem Grab etwas sagen, wofür es keine Beweise gibt?

Der Trommler taucht auf in einer anderen Ecke des Kopfes, hebt die Stöcke, beginnt zu trommeln, monoton, leise, wird lauter. Er hat Recht, der Stiefvater hat ein Leben zerstört, ich will ihm das ekelhafte Wort zuschreien, der Mutter das Gesicht zerkratzen. Sicherlich werden Journalisten bei der Beerdigung sein, vielleicht habe ich Glück und sie halten mich nicht für hysterisch, nicht nur, vielleicht haben sie Lust auf einen Skandal am Grab.

Lass es sein, sagt die Stimme im Kopf. Das macht keinen Sinn, Lisa ist tot, und du spielst nicht in der Liga des

Stiefvaters, verlierst schon den Faden, wenn du nur einen weißen Wohnwagen siehst.

Nach Undine halte ich Ausschau, die in der Strömung treibt, finde sie nicht, denke an Lisa, an ihre Geschichten von den Stammgästen, die in ihrem Café gelesen und geschrieben haben. Ich bin mir nicht sicher, ob schwarze Rosen zu ihr passen, die Dornen, die Extravaganz, entscheide mich doch immer wieder für sie. Ich mag das Wort nicht, Beerdigung, spüre die Erde im Mund, die auf ihren Sarg fällt, denke an Lisa, an ihre Geschichten von Leuten, für die sie geputzt hat, die Angst hatten, ihr Schlüssel anzuvertrauen, es schließlich doch taten, weil es so einfacher war, und Zettel schrieben, damit sie verstand, welcher Schmutz dieses Mal zu beseitigen war.

Ich will an Lisa denken, wie sie gelebt hat. Aber der Tod kommt näher, sickert in meinen Kopf, Splitter tauchen auf, schon wieder. Ich will aufspringen, weglaufen, bleibe sitzen, hoffe, dass Undine auftaucht, nur dieses eine Mal. Das ist alles so lange her, ich trauere um Lisa, aber nicht um dieses Wesen. Es gab keinen Grund, zu trauern, nur eine Entscheidung war zu treffen, als das Kind schwanger ist eines Tages, wie aus dem Nichts.

Karl May hat das Kind hinter sich gelassen, jetzt liest es Hermann Hesses *Steppenwolf*, liest über Harry Haller, den Zerrissenen, schaut aus dem Fenster, sieht zu, wie Stromleitungen den Himmel zerschneiden, ist sich sicher, dass er leer ist, dort wohnt kein Gott, kein liebender Vater. Das Kind versteht die Welt nicht, nicht den Vater, die Mutter, den Bruder, weiß nicht, wie andere leben, liest Bücher mit wunderbaren Worten und tiefen Gedanken, spult ein Leben ab wie ein Uhrwerk, geht zur Schule, kehrt zurück, schaut aus dem Fenster, lauscht längst nicht mehr auf die Schritte auf der Treppe, tut es doch. Sie kommen näher, immer wieder, es lässt sich nicht ändern, ist nicht wichtig, geschieht nicht, nicht wirklich.

Am nächsten Morgen ist alles vergessen. Das Kind nimmt den Bus, die Straßenbahn, ist pünktlich in der Schule, kehrt zurück, schaut aus dem Fenster, will es nicht wissen, weiß aber doch, dass etwas nicht stimmt. Etwas ist geschehen, dieses Mal gibt es Spuren, sie sind zurückgeblieben im Körper des Kindes.

„Das Mädchen hat sich ein Kind andrehen lassen", sagt der Vater zu dem Arzt, den er kennt. Sie lachen, finden das witzig. „Die Mutter soll es nicht wissen, es wäre zu viel für sie", sagt der Vater. Der Arzt nickt. „Dann wollen wir mal. Geh da drüben rein", sagt er zu dem Kind. Niemand sonst ist mehr in den Praxisräumen. Das Kind will das hier nicht, will es doch, blendet den Arzt aus, den Heiler im weißen Kittel. Nichts ist wichtig, nichts zählt, nicht seine Stimme, nicht seine Hände, nur die Spuren müssen beseitigt werden, die Spuren im Körper des Kindes.

Die Spuren werden beseitigt, das Kind kehrt zurück ins Reihenhaus, setzt sich auf das Sofa in seinem Zimmer, sieht zu, wie Stromleitungen den Himmel zerschneiden. Morgen ist wieder Schule, der Erste Weltkrieg steht auf dem Lehrplan, der Nationalsozialismus, die Evolution, *Die neuen Leiden des jungen W.* Das Kind hat das Buch gelesen, es ist ihm egal, es will mit Hadschi Halef Omar am Lagerfeuer sitzen in einer der kalten Wüstennächte. Er erzählt seine Geschichten, manchmal lächelt Kara Ben Nemsi, wenn er ihm zuhört.

Das Kind ist zu alt für Karl Mays Bücher, es schaut aus dem Fenster, will weg, will endlich weg aus der Reihenhaussiedlung. Es gelingt nicht, das Kind hängt fest auch ohne Ketten, Gitter, verschlossene Türen, geht zur Schule, kehrt zurück, jeden Tag. Die Mutter darf nichts merken und auch sonst niemand, das Kind ist eine Schlampe, hat sich ein Kind andrehen lassen. Aber jetzt ist das Wesen weg, das in seinem Körper war, ist weggemacht, weggeworfen, entsorgt, damit es keine Spuren gibt, damit niemand etwas merkt.

Lisa vermisse ich, um das Wesen habe ich nie getrauert. Es musste verschwinden, der Alltag musste sein wie immer. Ich wollte nicht trauern, es war kein Mensch, hätte einer werden können, hätte es nicht, war ein Monstrum, für das die Sprache nicht einmal ein Wort hat. Was sagt man, wenn die Mutter die Schwester ist, der Vater der Großvater? Es gibt kein Wort dafür, man kann es nur wegmachen, wegwerfen, die Spuren verwischen, und doch hätte es ein Mensch werden können, vielleicht, hatte das Potential, durfte nicht sein.

Wie trauert man um ein Wesen, das nicht sein darf? Nimmt man Blumen oder lieber einen Teddy, nicht ganz so winzig wie das Wesen, das es nie gab, das Monstrum, das keinen Ort hat? Es war kein Mensch, wäre nie einer geworden, wäre es doch, ich weiß es nicht, denke immer noch an das Wesen, das nicht sein durfte, das ich aus dem Bewusstsein gedrängt habe für viele Jahre, das erst spät zurückgekommen ist, muss immer wieder nachrechnen, wie alt es heute wäre, weiß nicht, ob das Kind sich richtig entschieden hat, weiß es doch.

14

Flugzeuge formieren sich nicht zur Landung, kein Licht ist am dunklen Himmel zu sehen, das schnell näherkommt. Wieder einmal ist es sehr früh. Ich ziehe Kleidung aus dem Schrank, Schwarz für die Trauer, als ob es Sinn macht, als ob es irgendjemanden etwas angeht, dass man eine andere vermisst.

Auf der Autobahn ist noch nicht viel los. Heute habe ich CDs dabei, höre Leonard Cohens *Suzanne*. Lisa mochte diesen Song, ich mag ihn auch, Suzanne nimmt dich mit zum Fluss, du hörst die Schiffe vorbeifahren, Suzanne am Fluss in Lumpen und Federn, *half-crazy but that's why you want to be there.*

Das Ruhrgebiet liegt hinter mir. Ich hole einen Latte Macchiato, wechsle die CD. Mozarts *Requiem* passt nicht ins Auto, ich höre es trotzdem, *Requiem aeternam dona eis, Domine,* es gibt keinen Herrn im Himmel, keinen rächenden Vater, keinen liebenden, keinen, der sich für Lisa interessiert.

Sie hat es hinter sich, es ist vorbei. *Dies irae,* ich stelle die Anlage laut, jeder Tag sollte ein Tag des Zorns sein, dieser besonders. Dunkle Gebilde müssten den Horizont verhüllen. Aber die Sonne taucht an einem wolkenlosen Himmel auf, dieser Morgen ist zartrosa, ein Herbstidyll, der Dunst über den Wiesen löst sich langsam auf.

Ich will Lisa nicht die letzte Ehre geben, will es doch, das letzte Geleit, will ihr Blumen reichen für einen Weg, den sie nicht geht. Sie ist tot, eine schwarze Rose will ich ihr trotzdem mitgeben und eine Sonnenblume für das Wesen, das nicht sein durfte.

Lacrimosa, wie kann eine Totenmesse so schön sein. Ich stelle mir vor, dass ich mit dem Wesen am Rhein spazieren gehe. Ich weiß nicht, ob Lisa sich ein Kind gewünscht hat, eine Familie, wir haben nie darüber gesprochen.

Einmal noch *Dies irae,* heute sollte der Tag der Abrechnung sein, der Gerechtigkeit. An Lisas Grab sollte ich sie erschießen, den Stiefvater, die Mutter, den Bruder, sie müssten bezahlen dafür, dass sie ein Leben zerstört haben, jeder auf seine Weise.

Das Navi leitet mich über Straßen, die ich nicht erkenne, vielleicht war ich hier im Süden auch nie. Das Kind hat im Norden gewohnt, in die Stadt kam es mit Bus und Straßenbahn, fuhr bis in die Stadtmitte, nicht in den Süden. Auf diesem Friedhof war es mit Sicherheit nie. Die meisten Toten liegen schon lange hier, zehn, zwanzig Jahre. Lisa bekommt ihre alte Grabstelle zurück, den Ort, an dem ihre Eltern schon einmal um sie getrauert haben. Jetzt haben sie eine Leiche, endlich, die verlorene Tochter kehrt zurück.

Sie ist tot, ich muss es endlich glauben. Sie wird sich nicht im Grab umdrehen, wenn sie dort angekommen ist. Ihr ist egal, was ihre Eltern sagen, welche Show sie inszenieren. Es ist ihr nicht einmal egal, es gibt sie nicht mehr. Lisa lebt nur noch in Erinnerungen, die verblassen, bis auch sie verschwinden, endgültig, eines Tages, bald.

Die Eltern haben zum Gottesdienst eingeladen, auch wenn Lisa nichts mit der Kirche zu tun haben mochte. „Ich glaube nicht an Gott und die heilige katholische Kirche", hat sie gesagt. Ich glaube auch nicht an sie, nicht an die unbefleckte Empfängnis, nicht an die Mutter Gottes, den Vater, den Sohn.

Der Priester führt souverän durch den Gottesdienst, weiß dem Ritual eine persönliche Note zu geben, spricht immer wieder Lisas Namen aus, spricht von einer Tragödie, von Gewalt und Entsetzen, davon, dass Lisas Leben viel zu früh zu Ende ging. Nur kurz streift er ihr Abtauchen, das so schwer zu verstehen ist, spricht von Schuld und Vergebung. Das *Vaterunser* kann ich immer noch auswendig, auch wenn ich es nicht will.

Lisas Mutter trägt ein schwarzes Kostüm, elegant, bestimmt teuer, einen schwarzen Hut mit Schleier, der die Augen bedeckt. Der Stiefvater sitzt neben ihr in einem schwarzen Anzug mit schwarzer Krawatte. Seine Miene ist ernst, war ernst, als ich sein Gesicht gesehen habe, angemessen, jetzt sehe ich die beiden nur von hinten. Er hat mich nicht erkannt, natürlich nicht, er hat mich nicht wahrgenommen, als ich ihm folgte und doch gleich wieder aus den Augen verlor.

Der Gottesdienst ist würdevoll. Den Respekt braucht Lisa nicht mehr. Zu Lebzeiten hätte er ihr gut getan, wenn er echt gewesen wäre. Das ist er nicht, ich bin mir sicher, das alles hier ist eine Farce. Ich hätte Streichhölzer mitnehmen sollen, dann könnte ich die Gottesdienstbücher anzünden, die Bänke, in denen man knien soll, andächtig, demütig im Angesicht des Herrn. Es gibt nicht einen Beweis für die Existenz Gottes, dafür, dass Religion kein Hirngespinst ist, und doch sitzen wir in diesem Gotteshaus, knien, stehen auf, singen, verstummen, als die Orgel das *Air* von Bach spielt.

Der Priester führt den Zug an, die Mutter und der Stiefvater folgen. Der Nächste im schwarzen Anzug ist der Bruder, an seiner Seite eine gefärbte Blondine, die Lisa ein wenig ähnlich sieht. Zwei gelangweilt wirkende junge Männer gehen hinter ihnen, Lisas Neffen. Es ist gut, dass ihr Bruder keine Tochter hat. Zumindest ist keine zu sehen.

Am Ende des Zuges reihe ich mich ein. Es sind viel mehr Menschen gekommen, als ich es mir vorgestellt habe. Lisa war verschwunden, hatte alle Kontakte abgebrochen, ich weiß nicht, wer hier Abschied nehmen will von ihr.

„Entschuldigen Sie, sind Sie Silke Stark?", flüstert eine Frau, die in der Kirche vor mir gesessen hat.

„Lisa und ich sind zusammen zur Schule gegangen, und ich dachte, Sie könnten Silke sein, Sie sehen ihr ähnlich." Sie zieht weiter, auf der Suche nach anderen. Ein paar findet sie, die meisten hier scheinen aber Freunde der Eltern zu sein. Mit Lisa hat die Trauerfeier wenig zu tun.

Sie liegt in einem weißen Sarg, der teuer aussieht, der Stiefvater wird spendabel gewesen sein, zur Feier des endgültigen Todes. Niemals mehr wird sie die Stimme gegen ihn erheben. Viel hätte sie ohnehin nicht tun können ohne Beweise. Aber jetzt kann auf keinen Fall mehr etwas passieren.

Die Totengräber heben den Sarg über die Seile an, lassen ihn ins Grab gleiten, vorsichtig, damit der Leichnam ohne Gerüttel verwesen kann. Lisas Mutter wirft rote Rosen auf den weißen Sarg, steht wie versteinert. Sie hat ihr Kind verloren, ihr Mädchen, das sie so geliebt hat. Der Stiefvater legt einen Arm um ihre Schulter, zieht sie sanft zur Seite, damit die Trauergäste Blumen nach unten werfen können. Niemand von ihnen hat Lisa gekannt, nicht in den letzten Jahren.

Als alle fertig sind, werfe ich meine Blumen hinterher, eine schwarze Rose und eine Sonnenblume. Ich versuche, an Lisa zu denken und an das Wesen, für das ich keinen Namen habe, warte darauf, dass die anderen verschwinden.

„Wir gehen ins Café Mittler." Ich habe nicht gesehen, dass Lisas Bruder sich genähert hat.

„Ich möchte nicht mitkommen."

„Wir würden uns freuen, wenn Sie sich doch entschließen könnten. Wir möchten die Menschen dabei haben, denen Lisa etwas bedeutet hat." Er hat eine angenehme Stimme, gibt sich Mühe, mich einzuladen.

„Woher kannten Sie Lisa?", fragt er. Natürlich, er will wissen, wer ich bin.

„Sie sind also diejenige, die ihre Wohnung bezahlt und sich am Rhein mit ihr treffen wollte." Er hat mich gesucht und gefunden.

Ich sollte ihm mein Beileid aussprechen, kann es aber nicht, kann ihm nicht sagen, dass es mir leidtut, nicht für ihn. Er hat sie getötet, ich glaube es immer noch, und hat mich gesucht, um herauszufinden, was von mir zu erwarten, zu befürchten ist.

„Es war sicherlich ein Schock für Sie." Sein Lächeln ist nicht mehr freundlich, die Charmeoffensive vorbei. Er geht davon aus, dass Lisa mir von ihm und dem Stiefvater erzählt hat, sieht mir aber an, dass ich kein Gegner für ihn bin, nur ein Mäuschen wie seine Schwester, mit mir wird er fertig.

„Es ist ein schönes Café", sagt er. „Lisa hätte es gefallen. Sie hatte eine Schwäche für Cafés, hat sogar in einem bedient, aber das wissen Sie ja." Ich würde ihm gern ins Gesicht springen, ihm den Mund einschlagen, damit dieses Grinsen verschwindet, der näselnde Tonfall, dieser Ich-bin-der-gute-Sohn-aber-meine-Schwester-war-ein-Totalversager-Tonfall.

Ich sage nichts, muss nicht wiederholen, dass ich nicht mitkomme in dieses Café, mit den Freunden der Familie, mit denen, die mit Lisa zur Schule gegangen sind, mit den Journalisten. Die beiden Polizisten, die mit mir gesprochen haben, habe ich auch gesehen. Wenn die Wirklichkeit so ist, wie Krimis sie erzählen, wollen sie sich ein Bild von den Trauergästen machen, suchen nach Hinweisen.

„Das Café ist gleich neben dem Eingang zum Friedhof", sagt der Bruder. „Sie können jederzeit dazukommen."

Ich sehe ihm nach, setze mich auf eine Bank in der Nähe von Lisas Grab. Er könnte es gewesen sein, er könnte der Mann sein, der sich am Rhein entfernt hat, der, den ich von hinten gesehen habe. Ich bin mir sicher, dass er es war, er hat die Drecks-, die Blutarbeit für den Stiefvater übernommen. Er ist der gute Junge, der alles dafür tut, um seinen Platz zu haben in der Familie. Zur Belohnung bekommt er die Kanzlei, ist eine Stütze der Gesellschaft wie der Stiefvater, und Lisa ist tot.

Du weißt es nicht, sagt die Stimme im Kopf, hast keine Beweise, nur ein Motiv, es könnte auch anders gewesen sein. Warum sollte er seine Existenz aufs Spiel setzen für etwas, was so lange zurückliegt?

Menschen haben schon Verrückteres getan. Peter Madsen war gerade in den Medien, der U-Boot-Bauer und Erfinder, der so viele fasziniert hat, aber dann war Kim Wall tot, die Journalistin, die über ihn schreiben wollte. Eine zerstückelte Leiche und ein versenktes U-Boot, auch hier hat jemand viel aufs Spiel gesetzt.

„Ruhe in Frieden", heißt es auf dem Grabstein neben mir. Else Schröder ist einundachtzig geworden. Sie war Kind im Dritten Reich, hat den Zweiten Weltkrieg überlebt, die Nachkriegsjahre überstanden, jetzt liegt sie hier in der Erde. Ich frage mich, ob ich Else Schröder gemocht hätte, wer sie war, ob man das überhaupt sagen kann, frage mich, ob sie Menschen verloren hat, die ihr wichtig waren, und ihre Heimat, ob sie Schlimmes erlebt hat, das Kind von Menschen war, die Böses getan haben, wie immer man das definiert. Was bedeutet eine Lebensspanne von einundachtzig Jahren auf einem Planeten, der mehr als vier Milliarden Jahre alt ist?

Hat Else Schröder gelernt, sich zusammenzureißen, Gefühle in sich zu vergraben, anzupacken, Deutschland aufzubauen, Wohlstand zu schaffen, nicht zurück, sondern nach vorn zu schauen, nicht nachzudenken über das, was gewesen ist? Die Zähne zusammenbeißen, weil man nicht klagen darf, die Täter, die Kinder von Tätern haben kein Recht darauf, traurig zu sein, verstört, verzweifelt. War sie mit sich im Reinen oder verbittert, nörglerisch, unzufrieden, weil das Leben eine Mogelpackung war, weil es so viel mehr versprach, als es am Ende hielt?

An ihrem Grab stehen zwei Blumenvasen, gerade war ihr Geburtstag. Hatte sie Kinder, die sie lieben konnte, die sie geliebt haben? Vermisst jemand sie und stellt deshalb frische Blumen auf ihr Grab, oder beauftragt jemand den Friedhofsgärtner? Was sagen die gelben Rosen, die neben dem Ewigkeitslicht stehen?

War der Tod gnädig mit ihr, oder ist sie qualvoll, langsam gestorben, das Ende, das Nichts vor Augen, das Erlösung sein könnte und doch so schwer zu ertragen ist. War Else Schröder glücklich, wenigstens manchmal? Welche Bedeutung hat das, wenn sie tot ist? Ihr ist es egal, nicht einmal das, Else Schröder gibt es nicht mehr, sie ist verschwunden, und mit ihr ihre Träume, ihre Hoffnungen, Ängste, Erinnerungen. Was auch immer sie vom Leben gewollt hat, es spielt keine Rolle mehr, vielleicht für ihre Kinder, die ihre Erwartungen als Ballast durch ihr Leben schleppen, ihre Schuld tragen, ihre Ängste. Vielleicht versuchen sie auch, ihre Träume zu einem Ende zu bringen, zu erfüllen, um so das eigene Glück zu finden.

War Else Schröder zufrieden? Und Lisa? War es gut, dass sie davongekommen ist für viele Jahre, wenigstens das? Sie hätte sich anders entscheiden, hätte schreien können, wenn der Stiefvater in ihr Zimmer kam, hätte das Haus anzünden oder weglaufen können. Sie hätte nicht still sein müssen, sie hätte gehen können mit ihren Papieren, mit dem Abiturzeugnis, studieren, eine Ausbildung absolvieren, einen richtigen Job suchen, die Mutter, den Stiefvater, den Bruder hinter sich lassen. War das möglich? Hätte sie ihr Leben anders leben können? Wie frei war sie, wer ist überhaupt frei? Ist es ihr Bruder, der Anwalt geworden ist wie der Stiefvater und die Kanzlei übernimmt? War Else Schröder frei? Paul Celan, der sich für ein Ende in der Seine entschied? Hannah Arendt, die nach New York ging und später nach Jerusalem zum Eichmann-Prozess?

15

Die Beerdigung ist vorbei, Lisas Körper liegt in der Erde, bald wird ein Stein mit dem richtigen Todesdatum auf ihrem Grab stehen. Ich will nicht hier bleiben, nicht in dieser Stadt, nehme dennoch den Weg in die City bis in das Viertel mit den alten Fachwerkhäusern. Den Polo stelle ich im Parkhaus ab, gehe an der Kanzlei von Lisas Stiefvater vorbei bis zu dem Café, in dem ich vor ein paar Tagen gewartet habe. Es ist noch einmal warm geworden, Sibylle könnte in der Sonne zeichnen, könnte überall in der Stadt sein, vielleicht ist sie aber auch schon weitergezogen an einen anderen Ort.

Lisas Stiefvater wird heute nicht in die Kanzlei kommen, nicht nach der Beerdigung, ihr Bruder auch nicht. Ich mag trotzdem nicht hier bleiben, will nicht in dem Café warten, bis Sibylle vielleicht doch noch kommt, erst recht nicht draußen in dieser Straße, wo mich jeder sehen kann. Ich gehe in den Park, setze mich in die Sonne, sehe zu, wie Wasser durch einen Brunnen fließt. Ein Obdachloser hält mit zwei Plastiktüten eine Parkbank besetzt. Eine Frau im Hosenanzug eilt vorbei, eine Karrierefrau auf dem Weg zum nächsten Termin. Sonst ist niemand hier. Dann kommt doch noch eine ältere Frau, und zwei sehr junge Mütter schieben Kinderwagen durch den Park.

Das Kind war nicht hier, damals, hatte keinen Grund, neben Rasenflächen und Sträuchern unterwegs zu sein. Die Schule war vier Straßenbahnstationen entfernt, vielleicht auch fünf. In Sichtweite ist die Haltestelle, an der es umsteigen muss, an sie erinnere ich mich und an das

Kind, das wartet. Die anderen werden gleich die nächste Bahn stürmen, das Kind will wenigstens ein bisschen Abstand zu ihnen herstellen, steht abseits, schaut nicht zum Park. Bald ist es wieder im Reihenhaus, erledigt seine Hausaufgaben, trinkt Tee mit der Mutter. Immer fragt sie, wie es in der Schule war, immer war alles gut.

Noch einmal gehe ich durch den Park, an Rasenflächen vorbei, unter Bäumen hindurch, wo es schattig ist und schon kühl. Niemand ist hier, Sibylle auch nicht. Ich gehe weiter zu dem Teich, der zu klein ist für Undine, am falschen Ort liegt, sie wird nicht auftauchen, nicht in diesem Wasser.

Ein Eichhörnchen huscht an mir vorbei, Enten überqueren den Teich. Ich gehe Richtung Fußgängerzone, hole mir einen Latte Macchiato bei einem Bäcker, kehre zurück zu dem kleinen Brunnen. Sibylle sitzt auf einer Bank, hält wie ich einen Kaffee in den Händen. Ihre Augen sind geschlossen, ihr Gesicht streckt sie der Herbstsonne entgegen.

„Das ist ja eine Überraschung." Sie lächelt, als sie mich sieht.

„Ich habe gehofft, Sie zu finden", sage ich, komme nicht weiter, suche nach Worten, um erklären zu können, warum ich hier bin.

„Heute wurde die Freundin beerdigt, von der ich Ihnen erzählt habe", sage ich. „Deshalb bin ich hier, das letzte Mal in dieser Stadt."

Sibylle nickt, schaut weiter zu, wie Wasser durch den Brunnen strömt, lässt mir Zeit, Worte zu finden.

„Ich würde Sie gern etwas fragen, bin mir aber nicht sicher, ob ich das darf."

Jetzt schaut sie mich direkt an. „Fragen Sie nur. Wenn ich nicht antworten will, muss ich es ja nicht tun."

„Warum sind Sie damals weggelaufen?"

Sibylle wendet den Blick wieder zum Brunnen. Oben ist eine kleine Schale, die jeweils Nächste ist etwas größer, von jeder strömt das Wasser nach unten, bis es am Boden ankommt. Ich kann nicht sehen, wohin es verschwindet.

„Weil ich es nicht ausgehalten habe", antwortet sie nach einer Weile. „Weil ich ein Idiot war. Weil ich aus der Spur gekommen bin. Vermutlich alles zusammen und noch einiges mehr." Sie unterbricht sich, auch sie sucht nach Worten.

„Ich bin im Ruhrgebiet aufgewachsen, in Bochum. Mein Vater war Kohlekumpel, meine Mutter Verkäuferin. Wir lebten in einer der Bergbausiedlungen, waren nicht richtig arm, aber irgendwie reichte das Geld nie. Mein Vater hatte noch ein bisschen Familie, meine Mutter hatte niemanden außer uns, glaubte sie, bis sich eines Tages ein Anwalt meldete. Es gab einen Cousin, der in die USA gegangen war. Meine Mutter hatte nie wieder von ihm gehört. Jetzt war er tot, sie war seine einzige Verwandte, und mit einem Mal waren wir reich."

„Das klingt nach dem Märchen, von dem alle träumen."

Sie nickt. „Nur war es das für mich nicht, auch wenn das seltsam klingen mag. Meine Eltern gaben ihre Arbeit auf, kauften sich ein großes Haus, begannen zu feiern, suchten Anschluss an die Reichen und Schönen, tranken immer mehr. Alles war bestens und brach doch auseinander. Ich habe dieses neue Leben gehasst, es fühlte sich hohl an und falsch." Sibylle trinkt einen Schluck, stellt den Pappbecher zur Seite.

„Dann starb mein Vater. Er hatte getrunken, raste über eine Landstraße, krachte in einen Baum. Es gab keine Bremsspuren. Meine Mutter trank weiter, und ich kam mit nichts mehr klar. Sie versuchte, mich zum Affen zu machen, jedenfalls empfand ich das so. Ich sollte zum Ballett- und zum Klavierunterricht, eine höhere Tochter werden, aber ich wollte das nicht. Das war nicht ich, das war nicht mein Leben. Ich fand alles nur grotesk, ein Vater, der sich zu Tode gesoffen hatte, eine Mutter, die dabei war, ihm zu folgen, eine Tochter, die Prinzessin werden sollte. Ich glaubte, dass meine Mutter schuld war an seinem Tod, sie allein und niemand sonst, er schon gar nicht. Ich ging nicht mehr zum Ballett, nicht zum Klavierunterricht, nicht zur Schule, hing mit ziemlich wilden Typen ab, glaubte, dass alles besser sei als das Leben meiner Mutter, war kaum noch zu Hause."

Sie unterbricht sich wieder, schaut dem Wasser zu, das über die Schalen strömt. „Ich war kein Kind, das misshandelt wurde. Es war nicht so wie bei Lisa. Und bei

Ihnen." Sie schaut mich an, und ich nicke nach einer Weile.

„Meine Mutter hat nie viel mit mir anfangen können", sagt sie. „Aber mein Vater hat sich um mich gekümmert, jedenfalls manchmal. Nach seinem Tod war ich allein in einer Welt, in der ich nicht sein wollte, und dann bin ich abgehauen, erst für ein paar Nächte, dann wurden es immer mehr. Ich wollte weg von meiner Mutter, suchte ein anderes Leben als ihres, merkte nicht einmal, dass es im Prinzip dasselbe war: Partys und Drogen, wenn auch nicht in dem Luxus, mit dem sie sich umgeben hatte. Heute glaube ich, dass ich längst angezählt war, meine Eltern haben schon vorher getrunken, ich spielte kaum eine Rolle, lief immer nur mit, und dann ließ der Tod meines Vaters mich abstürzen. Der einzige, der mich manchmal wahrgenommen hatte, war mit einem Mal verschwunden. Ich konnte nicht ertragen, dass er vielleicht hatte sterben, mich im Stich lassen wollen, absichtlich gegen den Baum gerast ist."

Ich würde gern etwas sagen, mir fällt aber nichts ein. Wir schweigen, erst nach einer Weile nimmt Sibylle den Faden ihrer Geschichte wieder auf. „Wenn wir nachts randalierten, fing die Polizei mich ein, brachte mich zurück in mein reiches Elternhaus mit ein paar mahnenden Worten. Aber es war die Haushälterin, die mich in Empfang nahm. Ich schlief den Rausch aus und war am nächsten Tag wieder weg, trieb immer weiter durch meine Welt, kam nur zurück, wenn ich dringend Geld brauchte und alles andere nicht funktionierte, was ich sonst dafür tat. Als ich irgendwann zu mir kam und den Dreck hinter mir lassen wollte, war meine Mutter gestorben. Es gab niemanden mehr. Dafür war ich reich, hatte genug Geld, um jede Droge zu kaufen, die ich wollte."

Wieder sucht sie nach Worten für ein Leben, das sie gewählt und doch nicht gewollt hat. „Irgendwann habe ich es geschafft, keine Drogen mehr zu nehmen, zum Glück, bevor das ganze Erbe verschwunden war. So etwas wie ein normales Leben kann ich aber nicht führen, halte es nirgendwo und mit niemandem aus, habe immer das Gefühl, wieder weg zu müssen."

Sie klingt anders, trauriger als bei unserer ersten Begegnung, hadert mit sich selbst, gibt sich die Schuld für den Dreck, in dem sie gelebt, für die Männer, mit denen sie zusammen war, die Gewalt, die auch sie erlebt hat, gibt sich die Schuld dafür, dass sie die Schule nicht beendet, keine Ausbildung absolviert, nichts aus ihrem Leben gemacht hat. Was auch immer das hätte sein können.

„Hast du mich deshalb gesucht: Weil du wissen wolltest, warum ich abgehauen bin?" Sibylle ist zum Du übergegangen. Es passt für mich, passt zu den Geschichten, die wir uns erzählen.

„Seitdem Lisa tot ist, denke ich immer wieder über ihr Leben nach und über meins. Wir wollten beide weg, sind aber geblieben. Ich habe immer wieder über Kinder nachgedacht, die den Mut haben, ihr Leben in die Hand zu nehmen und wegzulaufen. Wir aber sind jeden Tag in unsere Elternhäuser zurückgekehrt. Erst spät ist Lisa untergetaucht, ich bin erst spät in eine andere Stadt gegangen, und dann nahmen wir alles mit, die ganze verdammte Kindheit steckte fest im Kopf. Lisa ist sie nicht losgeworden, ich auch nicht, und ich frage mich immer wieder, ob es besser gewesen wäre, wenn ich mich nicht hätte dressieren lassen, wenn ich weggelaufen oder wenigstens irgendwie auffällig geworden wäre, frage mich, ob Lisa sich anders hätte entscheiden können, ob sie noch leben würde, wenn sie das getan hätte."

„Das Leben auf der Straße ist keine wirkliche Alternative. Das ist dir aber ja sicherlich klar, schon gar nicht als Kind oder Teenager, und meist sind auch noch Drogen und Alkohol im Spiel, weil sich vieles sonst nicht ertragen lässt."

Ich weiß es und habe mir doch immer gewünscht, dass ich eine Wahl gehabt hätte, dass man sich entscheiden kann, und es sollte nicht die Wahl zwischen Skylla und Charybdis sein.

„Hast du dich wenigstens manchmal frei gefühlt?", frage ich Sibylle.

„Anfangs schon. Ich dachte, dass ich mir vom Leben nehmen kann, was ich will. Aber so war es eben nicht."

„Und heute?"

„Ich weiß nicht. Sich treiben zu lassen, wie ich das tue, fühlt sich wie Freiheit an, manchmal jedenfalls. Wenn ich wie heute auf einer Bank sitze und die Sonne spüre. Wenn ich zeichne. Immer unterwegs und allein zu sein, ist aber auch anstrengend. Ich komme mit Nähe nicht zurecht, bin getrieben, kann nicht an einem Ort bleiben, erst recht nicht in meinem eigenen Haus."

Sie sieht, dass ich irritiert bin, und lacht. „Es ist wahr. Ich habe ein eigenes Haus, das auf mich wartet. Ich schaffe es nur nicht, dort zu bleiben und so etwas wie ein normales Leben zu führen. Es fühlt sich alles immer so leer und sinnlos an, wenn ich dort bin. Es ist nicht das Haus meiner Eltern, das habe ich verkauft, sondern ein Hexenhäuschen, alt und verwinkelt, zwei kleine Räume und eine Küche. Es liegt etwas abseits, mit einem verwunschenen Garten, eigentlich genau richtig für mich. In Essen, nicht weit entfernt von dir. Wir könnten uns treffen, wenn ich wieder dort bin. Vielleicht versuche ich es demnächst doch noch einmal, zu bleiben."

Immer noch strömt Wasser durch den Brunnen, immer noch zieht es unsere Blicke an.

„Du könntest dich gleich aufmachen", sage ich. „Ich fahre an Essen vorbei und kann dich mitnehmen, wenn du willst."

Nicht nur Sibylle war von meinem Angebot überrascht, ich war es auch, sonst sage ich nicht einfach, was mir durch den Kopf geht. Eine Weile dachte sie darüber nach, ob sie mit mir fahren soll. Ich war mir auch nicht sicher, ob es eine gute Idee war, ob sie nicht mehr Zeit brauchen würde, sich langsam dem Gedanken des Ankommens und Bleibens nähern sollte.

Sibylle entschied sich, mitzukommen. Ihren Zeichenblock hatte sie bei sich, als ich sie im Park traf. Ihren Schlafsack mussten wir noch holen, den sie immer in einer Plastiktüte draußen versteckt, damit er nicht einkassiert wird, wenn doch einmal jemand in ihrem Unterschlupf nach dem Rechten sieht. Auch in dem Haus, in dem sie übernachtet hat, hatte sie ein paar Dinge zurückgelassen, nichts, was auffallen würde, aber auch sie wollte Sibylle mitnehmen, und so sammelten wir alles ein.

Auf der Autobahn kommen wir gut durch, für Staus sind wir zu spät. Sibylle spricht darüber, dass sie zur Ruhe kommen möchte, dass sie sich aber auch eingesperrt fühlt, wenn sie die Tür hinter sich schließt. „In fremden Häusern fühlt es sich anders an. Es ist schon seltsam, was man empfindet."

In Essen gibt es niemanden, mit dem sie reden könnte, ich bin die Nächste, mehr als dreißig Kilometer entfernt, und wir kennen uns nicht einmal. Sie sagt, dass sie schon oft über ein sesshaftes Leben nachgedacht, ein Konzept entwickelt hat. Sie möchte zeichnen, vielleicht auch malen, weil sie in einem trockenen Raum endlich wieder Farben benutzen kann, will denen helfen, die auf der Straße leben und ausgeliefert sind, zögert aber, weil sie nicht weiß, wie zuverlässig sie sein kann, wie lange sie durchhält.

„Vielleicht wäre es gut, wenn du zwischendurch für einen Tag ausbrichst oder etwas länger", sage ich.

„Das habe ich schon ausprobiert, bisher hat es nicht geklappt. Es ist einfach nur blöd. Ich will etwas und kann es nicht."

Viel kann ich nicht sehen, als wir in Essen ankommen, es ist schon dunkel. Aber ihr Haus scheint wirklich eine

Hexenkate zu sein, ein Fachwerkhäuschen in einem verwunschenen Garten, ein Ort, der ein Zuhause sein könnte. Ich will sie begleiten, damit sie nicht allein ist, wenn sie in die leeren Zimmer kommt und die Fenster öffnet, um die abgestandene Luft nach draußen zu lassen. Aber ich habe den Eindruck, dass sie allein sein will. Ich warte im Auto, bis sie aufgeschlossen hat und mir zuwinkt, dann fahre ich weiter. Den Schlüssel hatte sie an einer silbernen Kette getragen, unsichtbar unter ihrem Halstuch.

16

Lisa liegt in einem weißen Sarg in der Erde, Sibylle ist in ihrem Hexenhäuschen, ich sitze am Schreibtisch, schaue aus dem Fenster. Der nächste Text steht an, einer folgt auf den anderen, man könnte glauben, dass die Kunden bei mir Schlange stehen. Dabei brauche ich für alles nur viel zu lange, schreibe, lösche, formuliere neu, und heute habe ich nicht mal viel Zeit, weil Lisas Eltern sich ihre Wohnung ansehen wollen. Vorher muss ich das Interview führen und mit dem Schreiben beginnen, muss achtgeben, dass der Arbeitsfaden nicht reißt. Ich habe zu oft aus dem Fenster geschaut, war zu oft am Rhein, in der Heimatstadt, muss mich endlich konzentrieren.

Ich habe versucht, den Krimi zu lesen, den der Autor neu auf den Markt bringt, war nicht vorbereitet auf das, was kam. Gewalt gegen Kinder ist das Thema, das war mir nicht klar, als ich für das Interview zusagte, ich hätte den Auftrag nicht annehmen sollen. Ich kann das Krimikonzept nicht aushalten, wenn man Opfern nahekommt, die sich nicht anfühlen wie Fiktion, man hautnah mitbekommt, was ihnen angetan wird, hineingezogen werden soll in das Grauen, während man auf dem Sofa sitzt, man ist erschrocken über die Abgründe der Psyche, die schon so oft beschworen wurden, trinkt einen Schluck Wein, geht ins Bett.

Autoren suchen nach neuen Ansätzen, haben Kinder entdeckt, denen Gewalt widerfährt. Das ist inzwischen auch schon ein alter Hut, die Nähe zum Täter gab es ebenfalls, aber noch nicht oft, und so ist der Autor, mit dem ich sprechen soll, in die Haut eines Täters geschlüpft, um sich abzuheben von dem, was bereits dutzendfach auf dem Markt ist. Man ist dem Täter ganz nah, wenn er das Kind umgarnt, anfangs, und ihm über die Haare streicht.

Nach zweihundert Seiten habe ich das Buch zur Seite gelegt, konnte nicht weiterlesen. Jetzt sitze ich an meinem Schreibtisch, der Autor ist im Wohnzimmer seines alten Forsthauses einige hundert Kilometer entfernt. Mit dem Tablet geht er durch die Räume, zeigt mir seine Bücherregale, sein Arbeitszimmer, damit ich erzählen kann, wo seine Thriller entstehen.

„Ich muss schreiben. Ein anderes Leben ist für mich nicht vorstellbar." Das Tablet steht wieder auf seinem Wohnzimmertisch, und er führt sich als Autor ein, der für seine Themen brennt.

„Natürlich will ich mit meinen Büchern unterhalten." Dieser Satz muss offensichtlich sein, dieses Mantra von Krimiautoren habe ich schon so oft gehört, als ob sie alle dasselbe Interviewcoaching absolviert haben. „Aber es geht auch um mehr. Ich will die Leser aus ihrer Komfortzone holen."

Er unterbricht sich, will sich vergewissern, dass ich das verstanden habe. Ich nicke, kontrolliere noch einmal, ob das rote Lämpchen meines Aufnahmegeräts leuchtet und es das Gespräch wirklich aufzeichnet.

„Es ist die Wut, die mich antreibt, die Wut über die Täter." Ich nicke, signalisiere, dass ich zuhöre, ihm folge, ihn verstehe. „Und das Mitgefühl mit den Opfern. Sie leiden ein Leben lang, kommen nicht über das hinweg, was ihnen angetan wurde, haben nicht nur Depressionen, sondern tiefergehende Störungen."

Wieder macht er eine Pause, um sich zu vergewissern, dass seine Worte ankommen. Ich weiß nicht, was ich sagen soll. Ich habe nichts zu sagen über tiefergehende Störungen. Er ist der Experte, er hat recherchiert.

„Warum haben Sie das Unterhaltungsgenre gewählt, um in die Haut des Täters zu schlüpfen, möglichst nah dran zu sein und spannend zu erzählen, wie Kinder vergewaltigt und gebrochen werden?"

„Spannend zu schreiben, heißt nicht, oberflächlich zu sein. Es ist die Möglichkeit, dem Leser eine Geschichte nahezubringen, ihn für die Opfer zu gewinnen."

„Ist es nicht Komplizenschaft, wenn Sie in die Haut des Täters schlüpfen, aus seiner Sicht erzählen, seine Macht spürbar machen, den Kick, den er empfindet, wenn er ein Kind bricht?"

„Darum geht es doch gerade: Das will ich dem Leser zeigen, er soll erleben, was Männer Kindern antun."

„Haben Sie mit Tätern gesprochen?"

„Ich habe mit Psychologen gesprochen. Das finde ich sinnvoller, weil sie erklären können, deuten, Hintergründe mitliefern."

„Und mit Opfern?"

„Nein, natürlich nicht, man muss ihre Privatsphäre respektieren, sollte nicht aufwühlen, was sie nur schwer hinter sich lassen können. Aber es gibt Literatur, nicht nur von Psychologen, sondern auch von Opfern, die von dem erzählen, was ihnen angetan wurde, und die Folgen beschreiben."

„Sie haben gesagt, dass die Opfer unter gravierenden Störungen leiden, oft ein ganzes Leben lang. Warum ist das so? Warum kommen sie nicht darüber hinweg, auch wenn es schon Jahre oder sogar Jahrzehnte her ist? Irgendwann muss es doch gut sein."

„Sie tun den Opfern Unrecht, wenn Sie ihnen unterstellen, sich nicht wirklich zu bemühen. Es gibt keine Heilung, wenn die Seele zerbrochen ist." Er klingt ungehalten. Ich stelle nicht die richtigen Fragen, weiß seinen Ansatz, seine Leistung nicht zu würdigen, verstehe nicht, was Gewalt für die Opfer bedeutet.

„Ich weiß schon, was ein Trauma ist", sage ich. „Ich weiß auch, dass Opfer ein Leben lang darunter leiden. Ich verstehe es nur nicht. Warum kommt die Psyche nicht darüber hinweg? Warum ist es so schwer, die Kindheit hinter sich zu lassen?"

„Weil das, was die Opfer durchmachen, die Seele zerbrechen lässt, und das lässt sich nicht einfach reparieren."

„In Ihrem Thriller rächt sich eines der Mädchen an dem Täter."

„Das dürfen Sie den Lesern aber nicht verraten. Die Angriffe kommen scheinbar aus dem Nichts, und das macht natürlich einen großen Teil der Spannung aus."

Ich nicke, werde nichts verraten, will dem Leser die Spannung nicht nehmen.

„Das Opfer leidet an dem, was ihm angetan wurde, wirkt zerbrochen. Wie kommt es, dass es dennoch diesen ausgeklügelten Rachefeldzug unternimmt?" Ich bleibe bei meiner Frage trotz Spoiler-Alarm.

„Es ist doch naheliegend, dass ein Opfer sich rächen will."

„Ist das so? Selbsterklärend finde ich das Rachekonzept nicht. Durch Rache ändert sich nichts an dem, was jemand erlitten hat. Das, was ihm angetan wurde, bleibt, und die Seele bleibt ebenfalls zersplittert, fügt sich nicht wie von Zauberhand wieder zusammen, nur weil ein Täter mit Messern malträtiert oder in ein Kellerloch gesperrt wird. Die Frage ist doch gerade zum einen, was genau das Rache- und Gerechtigkeitskonzept bedeutet, warum es wichtig ist, unter welchen Umständen es Sinn macht. Und zum anderen, wie ein Opfer, das, wie Sie sagen, unter tiefergehenden psychischen Störungen leidet, Rache nehmen kann. Schließlich ist der Sinn sexueller Gewalt doch gerade, das Opfer zu brechen, und Ihr Täter hat ganze Arbeit geleistet."

„Nur wenn das Opfer aus seiner Ohnmacht herauskommt, wenn es die Machtverhältnisse umdreht, kann die Seele zu sich kommen."

Das ist doch die entscheidende Frage: Wie kann es gelingen, Rache zu nehmen, wenn man erst durch sie aus dem Gefühl der Ohnmacht herauskommt? Ich insistiere aber nicht, glaube nicht daran, eine Antwort zu bekommen. So tief ist der Autor nicht in die Materie eingedrungen, und ich gehe zum leichten Teil des Interviews über.

„Arbeiten Sie am Schreibtisch, oder gehen Sie lieber in ein Café?" Das soll unbedingt in das Interview, sagen die Kollegen aus der Redaktion. Die Leser interessieren sich für alles, was um das Buch herum geschieht.

„Ich arbeite zu Hause am Schreibtisch, ganz klassisch, trinke Kaffee und höre Musik. Bei jedem Krimi spielen andere CDs eine Rolle. Bei diesem habe ich Bruckner gehört, gewaltige Musik, dann aber auch Klavierkonzerte von Mozart, leise, zarte Klänge. Das passte für mich sehr gut."

Neue Ideen bekommt er, wenn er spazieren geht. Beim Joggen erholt er sich davon, dass er in die Haut eines Täters geschlüpft ist, im Kopf eines Perversen unterwegs war.

„Ich würde gern noch einmal auf das zurückkommen, was Sie vorhin gesagt haben: dass Sie Partei für die Opfer ergreifen wollen. Warum wollen Sie zeigen, was ihnen angetan wird?"

„Wir müssen aufklären, das ist entscheidend. Deshalb habe ich diesen Thriller geschrieben. Wir müssen wissen, was es für Kinder bedeutet, missbraucht zu werden, damit sich zum Beispiel solches Geschehen wie an der Odenwaldschule nicht wiederholt oder bei den Regensburger Domspatzen."

Vielleicht sprechen wir in einer besseren Zukunft auch nicht mehr von Missbrauch. Als Autor, der mit Sprache arbeitet, könnte er darüber nachdenken, ob man Kinder auch richtig benutzen kann.

„Schreiben Sie schon an Ihrem nächsten Buch?"

„Natürlich, ich kann nicht anders, ich muss schreiben. Dieses Mal geht es um einen Serienkiller mit einer ganz besonderen Lebensgeschichte." Ich nicke, das klingt nach einem außergewöhnlichen Thriller, die Fans werden sich freuen, das zu lesen.

Ich verabschiede mich von dem Autor, trenne die Verbindung, versuche die ersten Sätze zu formulieren, wenigstens den Einstieg, lösche sie wieder, klappe den Laptop zu, verschiebe es auf morgen, das Interview zu schreiben.

17

In Lisas Café suche ich mir einen Tisch in einer Ecke, in der ich allein bin. Die Kellnerin bringt den Latte Macchiato, den ich bestellt habe, legt die Rechnung dazu. Sie sieht anders aus als Lisa, hat lange, dunkle, fast schwarze Haare, einen auffälligen schwarzen Lidstrich, wirkt selbstbewusst, stark, eigensinnig, schroffer als die Assistentin in der Dornröschenstadt, erinnert mich aber an sie, an eine der wenigen Frauen in der Philosophie. Sie bediente in einer Kneipe, bevor sie die wissenschaftliche Stelle bekam, ein Fabelwesen, eine Frau, die mit Lesen und Schreiben ihren Lebensunterhalt verdiente, bald tatsächlich Professorin wurde in Berlin.

Ein Foto von Franz Kafka hängt über mir an der Wand. Seine Romanfiguren sind ausgeliefert, verstehen nicht, was mit ihnen geschieht, sind falsch am falschen Ort, so habe ich sie in Erinnerung. *Das Schloss, Der Prozess, Das Urteil,* jeder Titel klingt wie ein Schuldspruch.

Theodor W. Adorno ist auf einem Foto zu sehen, Thomas Bernhardt, der junge Peter Handke. Erinnerungen an eine Männerwelt, die es nicht mehr gibt. Bertolt Brecht, dessen Nähe zur DDR ich nie verstanden habe. Als ob du Expertin in Sachen Freiheit bist, sagt die Stimme im Kopf.

Am Ende sind Frauen eingereiht, Hannah Arendt, Christa Wolf, sie hat mit der DDR gehadert und sich mit ihr arrangiert. Ich befürchte, dass ich keinen Widerstand geleistet hätte, weiß nicht einmal, ob ich gegangen wäre. Wie viel Mut musste meine Großmutter aufbringen, ihren Kindern so viel anzuziehen wie nur möglich, weil sie kein Gepäck mitnehmen konnten, und zu hoffen, dass alles gut geht auf der Straßenbahnfahrt in den Westen? Es hätte passieren können, dass meine Mutter auf jemanden zugeht und sagt, dass sie Republikflüchtlinge sind. Dann hätte sie zurückkehren können zu den Großeltern, dorthin, wo sie sein wollte, Zuhause im Osten.

Herta Müller und Elfriede Jelinek hängen hinter Glas neben Christa Wolf an der Wand, die Nobelpreisträgerinnen, auch sie in Schwarz-Weiß. Suzanne Vega singt von *Toms Diner*, erzählt, dass sie aus dem Fenster sieht und eine Frau beobachtet, die hereinkommt und zum Mann am Tresen geht, sie schaut in die andere Richtung, als die beiden sich zur Begrüßung küssen. Felix ist immer noch in Dubai, hat gefragt, ob er zurückkehren soll, aber das muss er nicht.

In der Altstadt sammeln sich schon die Trinker und Touristen, Heinrich Heines Geburtshaus fällt kaum in den Blick. Die Biertrinker interessieren sich nicht für die Buchhandlung, die heute dort verortet ist, und nicht für den Dichter, der seine Geburtsstadt früh verließ, Freiheit zum Schreiben in Paris fand, nichts übrighatte für die Zensur in seiner Heimat. Vielleicht hätte es ihm gefallen, dass die Universität hier schließlich doch noch nach ihm benannt wurde nach erbittertem Streit. Dass eine Buchhandlung heute hier ist, hätte ihm sicher gefallen, auch wenn er gespottet hätte über den Geist der Bücher und der Getränke, die vorher ausgeschenkt wurden, als sein Geburtshaus noch eine Kneipe war.

Die Buchhandlung würde in die Dornröschenstadt passen, literarische Romane schon im Schaufenster, Gedichte von Oswald Egger und Jan Wagner, der den Büchner-Preis erhält, daneben die Titel von Édouard Louis, der sich schreibend an seinem Leben abarbeitet. Von dem neuen Buch habe ich schon gehört, es ist kein Roman, auch wenn das Wort auf dem Einband steht, der Autor erzählt, was er selbst erlebt hat, schreibt sich heraus aus seiner Kindheit, seiner Vergangenheit schon mit Anfang zwanzig. Im neuen Buch erzählt er, dass ein Passant ihn nachts ansprach in Paris. Er nahm ihn mit in seine Wohnung, sie wollten zusammen sein, es war einvernehmlich, so nennen es die Juristen. Am nächsten Morgen aber war alles anders, der eben noch Geliebte würgte den Autor, bedrohte ihn mit einer Pistole, vergewaltigte ihn. Freunde überredeten den Schriftsteller, den anderen anzuzeigen. Er tat es, stellte sich Befragungen, ließ sich kriminaltechnisch untersuchen. Wie lebt man damit, wie schreibt man darüber?

Ich kehre zurück zum Parkhaus, verlasse den Rheinufertunnel, erreiche wieder das Licht. Der Berufsverkehr hat noch nicht eingesetzt, ich komme gut durch. Die Umgebung wird grüner, aber hier gibt es Wohnungen, die nicht ganz so teuer sind wie in der Innenstadt. Für Lisa haben wir ein Zimmer mit Aussicht gefunden, die sie jetzt nicht mehr braucht.

Ich hätte den Hausmeister bitten können, ihren Eltern die Wohnung zu öffnen, hätte ihnen den Schlüssel schicken können, aber ich wollte dabei sein. Jetzt will ich es nicht mehr, will sie nicht sehen, will ihnen nicht die Hand geben, sie nicht über Lisa sprechen hören. Die letzte Ampel wird grün, ich finde einen Parkplatz, stelle den Motor ab, weiß nicht mehr, warum ich dabei sein wollte.

Die Eltern warten schon auf mich, der Bruder auch. Sie geben mir die Hand.

„Vielen Dank, dass Sie gekommen sind." Der Stiefvater ist höflich, die Mutter gefasst, der Bruder mustert mich. Ich schließe die Haustür auf, wir nehmen die Treppe bis zur Wohnung im zweiten Stock. Der Einbrecher ist wie wir durch die Haustür gekommen, jedenfalls gab es keine Einbruchspuren. Irgendjemand öffnet immer, wenn ein Paketbote sich durch die Sprechanlage meldet, kümmert sich nicht darum, ob er wirklich ein Paketbote ist.

Ich schließe die Wohnungstür auf. Lisas Mutter holt tief Luft, geht in den kleinen Flur, der Stiefvater und ich folgen, etwas später auch der Bruder.

Das Zimmer ist zu klein für uns, ich will die Mutter aus der Wohnung schieben, den Stiefvater, den Bruder. Sie haben hier nichts zu suchen, es ist Lisas Zimmer.

„Hier hat sie also gewohnt." Es ist unter dem Niveau der Mutter, kein Parkett, keine hohen Decken, keine teuren Teppiche und Bilder, keine eleganten Möbel. Es ist ein kleines Zimmer mit einem Sofa, einem Schrank, einem Schreibtisch, einem Regal, die beste Wohnung, die Lisa jemals hatte. Hier hat sie sich sicher gefühlt, bis jemand die Wohnungstür aufbrach und fünfzig Euro fand, die er mitnehmen konnte.

„Möchten Sie etwas von ihren Hinterlassenschaften?", fragt Lisas Mutter. „Sie können bekommen, was immer Sie mögen."

Ich schüttle den Kopf. „Ich warte draußen." Ich gehe durch den Flur in den Gang. Er verbindet die drei Wohnungen, in die eingebrochen wurde. Der Gang ist überdacht, aber zum Hof hin offen.

„Eine nette kleine Wohnung." Ich zucke zusammen, habe nicht gemerkt, dass der Bruder mir gefolgt ist. Er mustert mich, sieht aber auch heute nichts, was Widerspruch bedeuten könnte. „Wie bedauerlich, dass Lisa sich in ihrem Alter nicht mehr als ein Puppenheim leisten konnte, und auch das nur mit Ihrer Unterstützung."

Er bedankt sich nicht bei mir dafür, dass ich seiner Schwester geholfen habe, natürlich nicht, will nur den Spielraum ausloten, kommt jetzt aus der Deckung, taxiert mich offen. Er ist attraktivere Frauen gewöhnt, auch das sehe ich in seinem Blick, schlankere, elegantere. Ich verdiene mehr Geld als seine Schwester, bin nicht durch das soziale Raster gefallen, nicht ganz, bin aber nicht respektabel, nicht für ihn, bin nur eine von den vielen Verlierern, den dienstbaren Geistern, auf die man zurückgreifen kann, wann immer man sie braucht, langweilig und harmlos.

„Lisa hat Ihnen gesagt, warum sie abgetaucht ist." Das ist keine Frage, ich antworte auch nicht, schaue in den Hof, als ob es dort etwas anderes zu sehen gäbe als Fahrräder in der einen und Mülltonnen in der anderen Ecke.

„Hat Sie das nicht schockiert?" Er schaltet einen Gang höher, spielt jetzt ein bisschen. Ich drehe mich zu ihm um. Es irritiert ihn, dass ich immer noch nichts sage, Blickkontakt suche, mich nicht beeindrucken lasse von der teuren Uhr und der lässig-eleganten Freizeitkleidung, die er trägt, weiß und ein helles Grün, selbstbewusst, kraftvoll. Er ist froh, dass seine Schwester tot ist.

„Sie hat herumerzählt, dass unser Vater ihr etwas angetan hat. Aber das ist nicht wahr." Der Bruder rudert etwas zurück, ist sich nicht sicher, nicht hundertprozentig.

„Warum sollte sie solche Geschichten erzählen, wenn sie nicht wahr sind?"

„Lisa ist nie über unseren leiblichen Vater hinweggekommen."

Er hat sich eine Geschichte überlegt, natürlich hat er das, damals schon, als sie abgetaucht ist, hatte viel Zeit, sie zu entwickeln und zu verfeinern. Jetzt muss er sie nur abstauben.

„Unser Vater wollte nichts mehr zu tun haben mit unserer Mutter, mit uns auch nicht. Lisa war erst zehn, als die Auseinandersetzungen zu Ende gingen, hat sie nicht verkraftet, wollte keinen neuen Vater, vermutlich aus Angst, dass auch er sie enttäuschen und im Stich lassen könnte."

Kinder reimen sich seltsame Geschichten zusammen, aber nicht die Geschichte, die ich kenne, und dass eine Studentin sich ein böses Märchen über ihren Stiefvater ausdenkt und es ihrer Freundin erzählt, weil sie ihn nicht leiden kann oder über den Scheidungskrieg immer noch nicht hinwegkommt, ist nicht ausgeschlossen, aber unwahrscheinlich. Wenn Lisa ihrem Stiefvater hätte schaden wollen, wäre sie nicht verschwunden, hätte sich vielmehr überlegt, wie sie ihm auf die Nerven gehen kann, hätte irgendwann die Lust daran verloren, oder es wäre eskaliert. Sie ist aber verschwunden, hat alles getan, um nicht aufgespürt zu werden, war froh, dass alle sie für tot hielten, nur so fühlte sie sich sicher.

Sie wollte den Stiefvater nicht ärgern, sie hatte Angst vor ihm, vor der Mutter, die sie immer wieder auf Linie bringen wollte, vor dem Mann, der neben mir steht. Als sie älter wurde, war er es, der sie bedroht hat, der sie fertig machen wollte, wenn sie nur ein Wort gegen den Stiefvater in die Öffentlichkeit bringen würde. Lisa wollte keinen Kampf, wollte alles nur hinter sich lassen.

„Sie hatte Probleme mit der Scheidung Ihrer Eltern", sage ich. „Deshalb taucht man aber nicht unter und gibt sein Leben auf."

„Daran sehen Sie doch, wie gestört sie war." Der Bruder bemüht sich, mir seine Geschichte zu verkaufen, kann seine Ungeduld aber nicht verbergen. „Niemand hat Lisa etwas getan, sie kam nur nicht klar mit der Scheidung der Eltern, war depressiv, wollte sich das Leben nehmen. Unsere Mutter hat sie gerade noch rechtzeitig gefunden. Lisa musste wiederbelebt werden, das Gehirn wurde eine Weile nicht mit Sauerstoff versorgt."

Das ist ja mal eine interessante Variante: Lebensunfähig, gemein, irre, eine solche Zuschreibung hätte auch meinem Vater gefallen.

Das hätte sie nicht, sagt die Stimme im Kopf. So ist er nicht, du reimst dir das zusammen.

„Die Geschichte, die Lisa ihrer Freundin erzählt hat, war absurd, nichts davon hat gestimmt. Sie hatte eine blühende Fantasie." Sehr hübsch, diese Floskel, und natürlich sind es die Blumen des Bösen, die in Lisas Kopf sprossen.

„Beweise gab es nicht", sagt der Bruder. „Die Freundin erzählte ihre Geschichte der Polizei, als Lisa verschwand. Sie stellten alles auf den Kopf, durchsuchten das Haus und die Kanzlei. Dieses Miststück hat fast unser Leben zerstört."

Seine Fassade bekommt einen Riss, er fängt sich aber sofort wieder. „Natürlich haben sie nichts gefunden, unser Stiefvater hat ihr nichts getan." Er macht eine Pause, schaut in den Hof, dann zu mir. „Wenn er ihr jemals etwas getan hätte, wäre er nicht so blöd, Beweise zu hinterlassen. Fotos und Videos sind etwas für Idioten."

Es reicht, ich habe gehört, was zu erwarten war, gehe zurück durch den kleinen Flur in das Zimmer, in dem Lisa gewohnt hat.

„Sie hat nicht einmal vernünftige Bücher gelesen", sagt die Mutter. Sie sieht ins Regal, der Stiefvater steht vor dem Fenster mit Blick auf den Garten.

Der Trommler bringt sich in Stellung in meinem Kopf, hält die Stöcke in der Hand, beginnt zu trommeln, monoton, leise, wird lauter, ich würde ihn gern begleiten, würde schreien wie Oskar Matzerath, in so hohen Tönen, dass die Fensterscheibe zerspringt, Glassplitter den Stiefvater bedecken, sich in seinen Haaren fangen, in seinen Kopf bohren, und die Mutter sich die Ohren zuhält, aus denen Blut fließt, immer mehr Blut.

„Sie hat fast nur Krimis gelesen", sagt sie.

„Lisa hat sich für Verbrechen interessiert, weil sie selbst vor einem davongelaufen ist."

Die Mutter erstarrt, der Stiefvater dreht sich zu mir um. „Lisa hat dieses furchtbare Märchen schon erzählt, bevor sie verschwand. Die Polizei hat das damals untersucht. Ich wurde vollständig rehabilitiert."

„Sie wurden nicht rehabilitiert. Es wurde nur kein Beweis gefunden."

„Warum wärmen Sie diesen Schwachsinn wieder auf? Wollen Sie Geld?"

„Ich will, dass Sie nicht diesen Mist über Lisa erzählen. Sie war nicht dumm, nicht gemein, nicht verrückt. Lassen Sie sie wenigstens jetzt in Ruhe. Es kann Ihnen doch egal sein, welche Bücher sie gelesen hat und welche nicht."

Irgendwie bin ich aus Lisas Wohnung gekommen. Ich habe den Faden verloren, erinnere mich nur noch, dass der Bruder in der Zimmertür stand. „Sie wissen, dass wir Juristen sind. Lassen Sie es also lieber mit Erpressung, Verleumdung oder was auch immer in Ihrem Spatzenhirn vor sich geht."

Ich bin durch die Straßen gelaufen und auf einer Bank an einem Spielplatz gestrandet. Ein Mädchen sitzt auf der Schaukel und will angeschoben werden, weint, weil es nicht nach Hause will. Die Mutter zieht es herunter, packt das Kind in die Karre, eines dieser Ungetüme, in denen man den halben Hausrat mit sich nehmen kann.

Ich kehre zum Auto zurück, fahre zum Rhein, gehe zu Lisas Bank und schaue aufs Wasser, das ruhig vor sich hinströmt. Ich hatte mir alles so gut überlegt, war aber nicht in der Lage, das Gespräch mit ihren Eltern zu führen und mit dem Bruder. Ich muss Lisas Geschichte auf sich beruhen lassen, kann es aber nicht. Ich will, dass sie Gerechtigkeit bekommt, und weiß doch, dass es unsinnig ist. Lisa ist tot, für sie hat es keine Bedeutung mehr.

Sie hätte ihre Eltern nicht zur Rede gestellt, wäre nie vor Gericht gezogen, sie hätte sich das nicht antun wollen und auch ihrer Familie nicht. Das haben wir gelernt, halte die Klappe, niemand wird dir glauben, und vor allem: Schone die Mutter, die Mutter muss geschont werden, um jeden Preis.

18

Am Himmel formieren sich Flugzeuge zur Landung. Am Boden steht der Graureiher im braunen Feld, unbewegt, wie immer. Ein Rotkehlchen hüpft durch Sträucher, die nah am Fenster stehen, pickt schwarze Beeren. Ich klappe den Laptop auf, um das Interview mit dem Krimiautor zu schreiben, formuliere Sätze, lösche sie wieder.

Warum sind Sie in die Haut des Täters geschlüpft?, ist kein guter, ist überhaupt kein Anfang.

Warum sprechen Sie unpersönlich von den Opfern, nennen Ihre Krimifiguren nicht beim Namen, reduzieren sie auf die Gewalt, die ihre Seelen zersplittern lässt, weil sie nicht wissen, wie sie sonst damit umgehen können, als ob sie eine Wahl haben, als ob sie irgendetwas tun könnten.

Wie kommen Sie darauf, dass ein Opfer Rache sucht, den Täter quält, ihn mit einem Messer malträtiert, langsam auseinandernimmt, bis er am Ende zusammenbricht und stirbt? Rache ist ein Western-Motiv, John Wayne steigt in den Sattel, verfolgt die Schurken, bis er sie aufgespürt hat, bringt sie zur Strecke, einen nach dem anderen. Opfer aber nehmen keine Rache.

Du nicht, das stimmt. Ich bin nicht sicher, welche Stimme im Kopf das sagt.

Andere Opfer wollen Gerechtigkeit, manche wollen Rache, es gibt sie, Söhne, die eine Axt im Baumarkt kaufen, Töchter, die ein Messer in die Hand nehmen. Manchmal gehen ihre Geschichten durch die Medien, ein kurzes Raunen über die unfassbare Brutalität. Dann ist es vorbei, die Mörder verschwinden hinter Gittern, die Söhne und Töchter, die Täter.

Mir gelingt es nicht zu hassen, ich kann den Eltern nicht einmal sagen, dass ich nichts mit ihnen zu tun haben will, rufe einfach nicht an, rühre mich nicht, stelle mich tot, will nichts von ihnen hören. Niemals mehr könnte ich aussprechen, warum es so ist. Nur einmal war es anders, einmal habe ich es versucht. „Das habe ich nicht getan", sagte der Vater. „Wenn das wahr wäre, müsste ich mich umbringen", sagte die Mutter.

Wie sind Sie auf die Rache-Idee gekommen, die mit der Wirklichkeit nichts zu tun hat? Marc Dutroux lebt noch, Josef Fritzl ebenfalls, der seine Tochter jahrelang einsperrte und vergewaltigte.

Natürlich, sie sind im Gefängnis, geschützt vor Rächern, aber niemand behelligt die Priester, die sich an Kindern vergriffen haben. Ich weiß nicht, woher alle diese Worte kommen, vergreifen, vergehen, missbrauchen, weiß nicht, ob andere sich rächen wollen. Ich kann es nicht.

Lisas Vater bleibt unbehelligt, eine Stütze der Gesellschaft. Mein Vater sitzt im Ledersessel und sieht die Sportschau. Er ist alt geworden, das ist alles. Undine will Rache, glaube ich, der Trommler, der Feuerteufel. Rache taugt für Western und Krimis, ich will sie nicht, verstehe nicht mal ihren Sinn, nichts ändert sich durch sie.

Natürlich verstehst du das Prinzip der Rache, den Sinn von Gerechtigkeit, was soll das Theater?, fragt eine der Stimmen im Kopf.

Im Krimi kann Blut spritzen, und am Ende ist alles im Lot, Unrecht gesühnt, der Täter entthront, das Opfer rehabilitiert, hat neue Kraft gewonnen aus dem Blut des Täters, ist stark geworden, indem es dem anderen seine Macht genommen hat. Es ist nur eine Geschichte, der Krimiautor nimmt sie aber für bare Münze, will der Welt erzählen, dass es so ist, verkauft Fiktion als wahre Möglichkeit. Die Wirklichkeit ist Vernichtung. Am Anfang ist noch etwas da, das sich wehrt, sich wehren will, auf Rache sinnt, Gerechtigkeit sucht, Wiedergutmachung. Mit der Zeit aber löst es sich auf, verschwindet, kehrt niemals zurück.

Lisa war nicht das Opfer, das wie Krimifiguren loszieht, sich im Baumarkt eine Axt kauft, Vater, Mutter, Bruder erschlägt, weil sie ihr das Leben genommen haben. Ich bin nicht das Opfer, das dem Vater das Herz aus dem Leib schneidet und der Mutter, mit ihrem Blut Worte an die Wand schreibt, den Bruder zum Teufel jagt.

Mein Vater sitzt im Ledersessel, schaut sich die Sportschau an, bestimmt mein Leben, auch heute noch, dabei ist er mir fremd, ich kenne ihn nicht, nicht wirklich, weiß nicht einmal, was ihn getrieben, warum er es getan hat. Er hat eine Geschichte, die ich nicht kenne, hat kaum etwas von sich erzählt, wollte nicht sprechen über seinen Vater, über seine Mutter. Er wuchs ohne Vater auf, setzte sich von der Mutter ab, als er zehn war, arbeitete auf einem Bauernhof, das war das einzige, worüber er sprach. Ich habe keine Ahnung, ob es wahr ist, weiß nicht, was sich ändern würde, wenn ich sein Leben kenne.

Der Vater hat eine Geschichte, die Stimme im Kopf sagt es mir immer wieder, will mir weismachen, dass er ein guter Mann ist, eigentlich, er hat nur auch seine Geschichte, konnte nicht anders, kann nicht anders, als in seinem Sessel zu sitzen und zu sagen, dass er es nicht getan hat. Vielleicht stimmt es auch, sagt die Stimme im Kopf, und du bildest dir alles nur ein.

Der Vater hat seine Geschichte, die Mutter auch. Ihre kenne ich, die Kindheit in der DDR, die Flucht, die sie nicht wollte, die Enge in der neuen Wohnung, die Kälte ihrer Mutter, die im Überlebensmodus blieb, Jahre nach dem Krieg und nach der Flucht. Meine Mutter suchte ein anderes Leben, fand einen Mann, der für sie arbeitete. Sie konnte bei den Kindern zu Hause bleiben, es gab ein Reihenhaus, ein Auto, eine Schrankwand, nur die Tochter machte ihr einen Strich durch die Rechnung. War es so, war es so einfach, ging es um ein bequemes, um ein sicheres Leben? Was war schlimm daran, es war doch nur ein Kind, ein Etwas, das nichts spürt, mit einem unterentwickelten Bewusstsein wie ein Tier. Es ist nicht schlimm, ein Kind leidet nicht darunter, ist noch jung, kann sich wieder erholen.

Die Eltern haben ihre Geschichte, man kann, man muss sie verstehen, sagt die Stimme im Kopf. Du bist dir nicht einmal sicher, ob das, worüber du nachdenkst, wirklich geschehen ist. Vielleicht sind es keine Erinnerungen, die durch den Kopf geistern, und du bildest dir alles nur ein.

Die Stimme versucht, mich einzuspinnen in ihre Fragen, ihre Zweifel. Ich verstehe nicht, warum sie das tut, warum sie nicht endlich aufhört, warum ich sie nicht zum Schweigen bringen kann, weiß nicht, warum die Splitter im Kopf nicht endlich verschwinden, warum ich nicht eine andere werden kann, warum es damals nicht gelang in der Dornröschenstadt, als die Reihenhaussiedlung hinter mir lag und ein neues, ein anderes Leben vor mir, warum ich nicht die eine Tür schließen und eine andere öffnen konnte.

Das Kind hätte viel früher gehen sollen, ich denke schon wieder darüber nach. Es traut sich aber nicht, geht zur Schule, kehrt zurück in die Reihenhaussiedlung. Später wandert es durch die Gassen der Dornröschenstadt, nach oben zum Schloss, nach unten zum Fluss, geht durch die Barfüßergasse über Kopfsteinpflaster an Fachwerkhäusern vorbei bis zur Buchhandlung neben der alten Universitätskirche, blättert durch Platons Werke, liest Dialoge, die er Sokrates in den Mund gelegt hat, nachdem Athen ihm den Prozess gemacht und ihn schuldig gesprochen hatte. Der Philosoph aber flieht nicht, leert den Schierlingsbecher, wählt den verordneten Tod.

Der Fahrstuhl fährt nach unten zu den Taschenbüchern, zu Proust mit seiner Madelaine, zu Kafkas K., der glaubt, vom Schloss bestellt worden zu sein, aber nicht sicher ist, ob er bleiben darf, nicht weiß, was er tun soll, was er falsch gemacht hat.

Das Kind lässt die Buchhandlung hinter sich, geht zur Lahn, schaut zu, wie sie strömt, denkt an Paul Celan, an Virginia Woolf, will ihnen folgen, kann es nicht, kehrt zurück in sein Zimmer. Die Wände rücken näher, das Kind kann nicht atmen, nicht schlafen, hört Schritte auf der Treppe, sieht einen Schatten am Bett, der nicht dort ist, nicht wirklich, steht wieder auf, wandert durch die Dornröschenstadt, geht nach oben zum Schloss, nach unten zum Fluss, geht nicht ins Wasser, sondern in eine Klinik. Mit dem Kind stimmt etwas nicht, der Vater hat es gewusst, die Mutter auch.

Von der Klinik sind nur wenige Bilder im Kopf geblieben. Sie liegt in einem Park, das weiß ich noch, dort ist nicht der Zauberberg, man fällt nicht aus der Welt für magische sieben Jahre. Niemand spricht über Philosophie, das Kind auch nicht. Die ersten Seiten der Magisterarbeit liegen auf dem Schreibtisch in der Dornröschenstadt. Sie taugen nichts, das Kind weiß, dass es nichts zu sagen hat, dass es nicht schreiben kann.

In der Klinik steht es auf, noch wenn es dunkel ist, geht nach draußen zum verordneten Frühsport, bewegt den Körper, auch wenn er sich nicht bewegen lassen will. Das Kind geht zum Frühstück, redet mit denen, die nicht essen wollen, schmirgelt Holz, die Hände sollen nicht stillstehen, findet keine Worte für die Splitter im Kopf.

Nachmittags soll es Bilder malen. Das Kind malt einen Berg mit einem Wanderer, der Rucksack ist viel zu groß, der Berg ist schwarz, giftig, gefährlich. Es ist ein hässliches, dummes Bild, das Kind kann nicht malen, rollt das

Papier ein, legt es zur Seite, geht zum Abendessen, nimmt Tabletten gegen die Depression, geht morgens zum Frühsport, schmirgelt Tierfiguren aus Holz, malt dumme Bilder, wartet darauf, dass die Splitter verschwinden, bis eine Ärztin die Eltern sprechen will. Das Kind versteht nicht, was das soll, aber die Ärztin will sie sprechen, beharrt darauf. Das Kind hat dem nichts entgegenzusetzen.

Die Eltern kommen in die Klinik. Der Vater stellt fest, dass es dem Kind schon viel besser geht. Die Mutter ist mitgenommen, weil sie so viel durchmachen muss. Das Kind funktioniert nicht, wie es soll, niemand versteht den Grund dafür. Das Kind soll nicht so viel lesen, sagt der Vater, mehr nach draußen gehen an die frische Luft. Das Kind nickt, es geht ihm schon viel besser, der Tag beginnt mit Frühsport, man malt Bilder, spricht über das Essen, hilft denen, die Angst haben, mit der Straßenbahn zu fahren, nimmt seine Tabletten, und alles wird gut.

Am Nachmittag kehren die Eltern zurück in die Reihenhaussiedlung. Das Kind bleibt in der Klinik, malt dumme Bilder, schmirgelt die Ränder von Holzfiguren, nimmt am Frühsport teil, schluckt Tabletten, kehrt bald zurück in die Dornröschenstadt.

Die ersten Seiten der Magisterarbeit liegen noch auf dem Schreibtisch. Das Kind zerreißt sie, beginnt von vorn, denkt nach über Ludwig Wittgensteins Sprachspielidee, will ergründen, wie Sprache funktioniert, wie Sätze Sinn machen, versucht Worte zu schreiben auf der alten Reiseschreibmaschine, die der Vater nicht mehr braucht. Die anderen können schreiben, du kannst es nicht, sagt die Stimme im Kopf. Das Kind formuliert Sätze, streicht sie wieder, sucht nach neuen, nach anderen Worten.

Die Magisterarbeit macht keinen Sinn, das Kind kann nicht schreiben, muss Geld verdienen, sich eine Arbeit suchen, irgendeine. Das Kind kann für einen Verlag arbeiten, schreibt Zeitungsartikel über Spielzeug und Puppen, sie sagen ihm nichts, dennoch verbringt es seine Zeit mit ihnen. Jeden Morgen geht es in ein Büro, schreibt über Sammlerstücke von Erwachsenen, die ihre Kindheit im Krieg verloren haben und sie jetzt ausgraben wollen, geht mit den Kollegen zum Mittagessen, sucht nach Themen, über die man reden kann, lernt, wie man Interviews führt und Texte schreibt.

Nie schreibt es gut genug, aber das Kind steht auf eigenen Füßen, verdient eigenes Geld, braucht die Unterstützung des Vaters nicht, schreibt, was andere ihm sagen, kann eine Wohnung bezahlen und ein altes Auto, hört der Stimme zu, die im Kopf mit ihm spricht.

19

Das Flugzeug über mir ist schon sehr nahe, bereit zur Landung. Dann sind in der Stille wieder nur die Stimmen von Vögeln zu hören. Sonnenstrahlen finden Wege nach unten durch das dichte Blätterdach dieser Naturwaldzelle, die wachsen, sich entfalten, die verfallen kann, wie der Zufall es will oder wer auch immer.

„Wir treffen uns an der Schutzhütte in der Nähe vom Bach", hat Sibylle vorgeschlagen. Es gibt hier nur eine Schutzhütte, ich wusste, welchen Ort sie meinte, war aber überrascht, dass Sibylle ihn kennt, dieser Wald ist weit weg von ihrem Hexenhäuschen. Wenn sie aus Bochum stammt oder aus Essen, jahrelang benebelt war und danach immer unterwegs, kann sie diesen Wald nicht kennen. Vielleicht stimmen die Geschichten nicht, die sie mir erzählt hat, oder nur zum Teil.

Der Bach mäandert unter dicht stehenden Bäumen wie der Fluss in der Heimatstadt, ist nur viel kleiner. Im Frühjahr blühen hier Buschwindröschen, ein Teppich aus weißen Blütenblättern. Das Kind pflückte sie einmal, band einen Blumenstrauß, die Mutter wollte das Unkraut nicht.

Ich will mich nicht daran erinnern, kann es aber nicht verhindern. Wenn ich hier vorbeigehe, denke ich an die Buschwindröschen im Frühjahr, an das Kind, an den Strauß, den es pflückte.

Ich lege ein Eichenblatt auf das Wasser. Es muss eine kleine Strömung geben, sie zieht das Blatt mit sich. Wieder ist das Kind in meinem Kopf, es verlässt das Reihenhaus wie jeden Morgen, geht zur Schule, dieses Mal aber kehrt es nicht zurück. Das Kind geht an der Dorfkirche vorbei über die Wiese bis zu dem Bach, der hinter dem Schulgebäude fließt. Das Kind hat gelernt, dass jeder kleine Bach in einen größeren mündet und der in einen Fluss, und wenn man ihnen folgt, kommt man irgendwann zum Meer.

Das Kind nimmt ein Blatt in die Hand, legt es auf das Wasser, will der Strömung folgen, am Ufer entlang gehen bis zum Meer. Mit einem Mal taucht ein kleiner grüner Drache auf, der Feuer in allen Farben speien kann. Das Blatt auf dem Bach wird zu einem Zauberschiff, und gemeinsam segeln das Kind und der Drache über Bäche und Flüsse bis zum Meer.

Ich sehe das Kind, den Drachen und das Blatt, das zum Zauberschiff wird, sehe sie über Bäche und Flüsse segeln. Über ihnen kreist ein Habicht und gibt auf sie Acht. Unten versucht ein Zauberer sie aufzuhalten, dann eine Hexe, das Kind meistert aber alle Hindernisse gemeinsam mit dem Drachen und dem Habicht, auch die gefährlichen Stromschnellen fast am Ende der Reise, als sie mit ihrem winzigen Segelboot in den letzten Fluss einbiegen, und dann sind sie am Meer.

Sibylle ist schon an der Schutzhütte angekommen, sitzt auf einer Bank in der Sonne. Sie wollte nicht den ganzen Weg von Essen aus gehen, mehr als dreißig Kilometer, hat die S-Bahn genommen für die erste Wegstrecke, wollte aber doch eine Weile zu Fuß unterwegs sein, in einen gleichmäßigen Tritt kommen, Gedanken ziehen lassen, sich müde wandern.

Sie greift in ihren Rucksack, holt einen Becher für mich hervor, gießt Tee ein, der noch warm zu sein scheint, schraubt den Deckel der Thermoskanne zu, verstaut sie im Rucksack, ein leichtes, aber stabiles Modell.

„Gefällt dir dein neues Leben?", frage ich.

„Ich weiß nicht", antwortet sie schließlich. „Ja und nein. Es geht mir gut, aber es ist wie die Male zuvor auch, ich halte es nicht aus, verstehe mich selbst nicht." Ihr Blick geht in den Wald, folgt den Zweigen, die auf dem Boden liegen, dem Moos, das auf Baumstämmen wächst. „Jeder Tag ist wie der andere. Ich gehe in dasselbe Badezimmer, in dieselbe Küche. Wenn ich aus dem Fenster schaue, ist auch dort alles wie am Abend zuvor, und ich will einfach nur weg. Es gibt aber auch einen Teil in mir, der froh darüber ist, dass ich morgens in ein Bad gehen kann, das nur mir gehört. Ich mache mir einen Kaffee und muss mit niemandem reden wie in den Unterkünften, in denen alle möglichen Leute stranden. Ich setze mich in meinen Sessel, schaue einem Rotkehlchen zu, wie es Körner pickt, trinke meinen Kaffee, will nie wieder weg, niemals mehr unterwegs sein, niemals mehr draußen übernachten, niemals mehr in einer überfüllten Unterkunft sein oder in einem Haus, in dem gerade jemand gestorben ist. Und dann meldet sich wieder der andere Teil in mir, der weg will. Es ist immer dasselbe, alles dreht sich im Kreis."

Wir schauen in den Wald, hören den Vögeln zu, suchen nach Worten, finden sie nicht. „Es kommt darauf an, was man vom Leben erwartet", sage ich nach einer Weile. Niemand im Kopf muss erwähnen, dass ich mich anhöre wie eine Ratgebertante, nicht einmal eine Ahnung davon habe, wie das Leben sein muss, damit man bei sich ankommen kann.

„Ich weiß nicht, was ich vom Leben erwarte", antwortet Sibylle. „Ich sage mir immer wieder, dass es mir gut geht. Ich habe ein Häuschen für mich allein, es liegt so abseits, wie ich es mag, es ist ruhig dort, ich kann tun und lassen, was ich will. Alles ist gut, aber ich komme trotzdem nicht klar."

Das Gespräch führt zu nichts. Ich weiß nicht, was ich sagen soll, würde lieber allein Tee trinken, will nicht daran denken, dass Sibylle bald wieder aufbrechen, sich nicht mehr melden wird, will nicht darüber nachdenken, warum ich in meinem Leben nicht ankomme, auch wenn ich nie weggehe. Ich weiß nicht, was ich erwarte, weiß es vielleicht doch, weiß aber nicht, was sich ändern würde, wenn ich schreiben könnte, wenn ich die alberne kleine Geschichte über ein Kind zu Papier bringe, das mit einem Drachen unterwegs ist zum Meer, oder das Tagebuch schreiben könnte, das feststeckt im Kopf.

20

Es sind immer dieselben Worte, als ob jemand die Schallplatte im Kopf anstellt, die ich so oft gehört habe, früher, über den Wolken muss die Freiheit wohl grenzenlos sein. Reinhard Mey singt sein Lied jedes Mal, wenn ich ein Flugzeug betrete. Die Economy Class kann er nicht gemeint haben, man sitzt so eng, dass kein Raum bleibt für ein Gefühl von Freisein. Rechts von mir hat sich ein Paar eingerichtet, das auf dem Weg in den Urlaub ist. Sie hat den Platz am Fenster, schaut sich einen Bollywoodfilm an. Er ist gleich nach dem Start eingeschlafen. Auf den Mittelplätzen links von mir diskutieren zwei ein Finanzprojekt, er ist schon älter, sie jung und ambitioniert, will sich unbedingt beweisen.

Meine Auftragsarbeiten sind abgeschlossen, für ein paar Tage muss ich nicht schreiben, was man mir sagt. Am Flughafen habe ich gelesen, wollte mit dem Buch wegtreiben aus der Hektik der Abflughalle, den Durchsagen, die aus den Lautsprechern tönen und sich im Kopf festsetzen. Es schien eine Ewigkeit zu dauern, tatsächlich sind wir nur zwei Stunden zu spät.

Das Buch ist eines von denen, über die ich nach meiner Rückkehr einen Krimitext schreiben soll. Ich lese nicht weiter, schaue über das Paar neben mir hinweg auf das Wolkenmeer, über dem wir scheinbar schwerelos dahingleiten. Es ist ein stilles Buch über einen stillen Polizisten, der ordentlich seine Arbeit macht, am liebsten Vögel beobachtet, mit seinem Fernglas in ihre Welt ausweicht. Er ist selbst ein Mörder, heißt es gleich zu Beginn, um die Spannungsschraube anzudrehen. Als sein Nachbar erschlagen wird, sein einziger Freund, kehrt die Vergangenheit zurück, die er nie hinter sich gelassen hat. Wieder ist es ein Familienkonflikt, der Polizist hat seinen Vater getötet, damals, als er ein Kind war, ihn mit seiner eigenen Waffe erschossen, ein Teenager, der es sich nicht mehr gefallen lässt, misshandelt zu werden, wieder eines dieser dummen Worte, wieder eine Rachegeschichte, wenn auch eine, in der das Kind seine Tat nie gefeiert hat.

Die Gänge scheinen kein Ende zu nehmen. Ich war noch nie hier, finde mich trotzdem zurecht, Dubai International ist wie jeder andere Flughafen auch. Viele Reisende sind in der Nacht nicht mehr unterwegs, die Schlange an der Passkontrolle ist überschaubar. Die meisten Frauen tragen kein Kopftuch, man muss sich nicht verschleiern, Dubai steht den Touristen dieser Welt offen und den Touristinnen. Der Araber, der meinen Pass abstempelt, winkt mich durch, beachtet mich kaum, sieht mich nicht an. Ich weiß nicht, ob er gelangweilt ist oder sich nicht mit einer Frau abgeben will, folge den nächsten Schildern, ziehe meinen Koffer vom Gepäckband, gehe nach draußen.

Felix sieht müde aus. Ich bin noch drei Stunden in der Zeit zurück, für ihn ist es aber schon zwei Uhr morgens. Der indische Taxifahrer fährt uns durch die hell erleuchtete Stadt zwischen Meer und Wüste, über mehrspurige Stadtautobahnen, auf denen kaum jemand unterwegs ist. Im Hotel zeige ich meinen Pass, ich bin Gast für ein paar Tage. Der Inder am Empfang nickt, ich bin willkommen.

Wir fahren in den vierunddreißigsten Stock, das Zimmer ist angenehm kühl, die Aussicht unglaublich auf beleuchtete Wolkenkratzer, auch wenn es hier keine Wolken gibt. Die Fenster reichen vom Boden bis zur Decke, öffnen sich in eine fremde Welt, in der man aber auch nicht einfach abtauchen kann, nicht, wenn man mit dem Flugzeug gekommen ist. Man braucht einen gefälschten Pass, um unsichtbar zu sein. Ich habe keine Ahnung, wie man an einen kommt, Lisa wusste es auch nicht.

Tatsächlich braucht man keinen Pass, man geht einfach, fährt mit dem Fahrstuhl vierunddreißig Stockwerke nach unten, nickt dem Inder am Empfang freundlich zu, lässt das Hotel hinter sich, geht immer weiter, irgendwohin. Es gibt diese Möglichkeit, ich könnte es tun.

Felix hat ein Geschenk für mich, Karl Mays *Durch die Wüste*, nicht die eng bedruckte Taschenbuchausgabe, die ich früher gelesen habe, sondern die gebundene, die schönere, die grüne vom Karl May Verlag, den es immer noch gibt. Die Taschenbücher ließ ich in der Reihenhaussiedlung zurück, nahm sie nicht mit in die Dornröschenstadt. Die Mutter hat weggegeben, weggeworfen, was ich zurückgelassen habe. Jetzt aber kann ich noch einmal mit Kara Ben Nemsi und Hadschi Halef Omar durch die Wüste ziehen.

Ich habe kaum geschlafen, bin aber nicht müde. Im Taxi sitzt wieder ein Inder am Steuer, an der Dubai Mall lässt er uns aussteigen. In dem riesigen Aquarium im Eingangsbereich drehen Haie ihre Kreise im beleuchteten Blau-Grün. Touristen bestaunen ihre Welt, nur eine Scheibe ist zwischen den Wassermassen und uns. Ich frage mich, ob man sie einschlagen kann.

Felix führt mich an Schaufenstern der Luxusmarken vorbei, es gibt alles, was teuer ist. Araber flanieren in weißen Gewändern mit rot-weiß-karierten Tüchern auf dem Kopf. Verhüllte Frauen sind auf Shoppingtour, nur ihre Augen kann man sehen und elegante Schuhe mit hohen Absätzen.

Wir setzen uns in eine Bar, trinken Latte Macchiato, essen ein Lachssandwich, sehen der Dubai Fountain zu, Wasserluxus in der Wüste, abgeschaut von Las Vegas, was Amerika kann, kann Dubai erst recht. Die Fontänen tanzen, immer mehr Touristen kommen und staunen über das Wasser, das auf- und absteigt, sich verneigt und dreht unter dem Burj Khalifa, dem mehr als achthundert Meter hohen Turm des Scheichs, errichtet, um eine Weile das höchste Gebäude der Welt zu sein.

Felix hat Sekt bestellt, um unser Wiedersehen zu feiern. Wir stoßen an, aber dann wird er ernst. „Glaubst du wirklich, dass es Lisas Bruder war?" Ich habe heute Nacht über Lisa gesprochen, ihren Tod, ihre Familie, kann es nicht lassen.

„Zu beweisen ist es offensichtlich nicht." Ich rege mich immer noch darüber auf, dass die Polizisten nicht die Schuld bei Lisas Bruder suchen, weiß aber, dass sie es überprüft haben, zumindest haben sie es versucht. Ich glaube nicht, dass sie ihn laufen lassen wollen, glaube auch nicht, dass sie oberflächlich arbeiten, will nur nicht wahrhaben, dass er davonkommt.

„Du spielst mit dem Feuer, wenn du ihn provozierst", sagt Felix.

Ich wollte meine Welt hinter mir lassen und hier ankommen. Es gelingt mir nicht, ich habe sie alle mitgebracht, Lisa, ihre Familie und meine, nur das Ensemble im Kopf ist ausnahmsweise ruhig.

„Du solltest jede Begegnung mit ihm vermeiden, auch nicht mehr allein an den Rhein gehen." So lange haben wir uns nur über Skype gesehen, dass sich die Berührung seiner Hand fremd anfühlt. „Du kannst hier bleiben, bis ich fertig bin, und dann kehren wir gemeinsam zurück."

Die Musik webt uns ein, das Wasserballett tanzt. Ich werde nur ein paar Tage bleiben, dann muss ich zurück, Auftragsarbeiten verfassen, eigenes Geld verdienen. Lisas Bruder wird sich nicht noch einmal blicken lassen, dafür bin ich nicht wichtig genug.

Wir trinken einen letzten Espresso. Das Wasserballett macht eine Pause, wird erst später wieder tanzen unter dem Burj Khalifa, dessen schmale Spitze in den wolkenlosen Himmel ragt.

Die Zeit vergeht auch ohne Auftragsarbeiten. Der Wochenrhythmus ist anders hier in Dubai, fühlt sich seltsam an. Heute ist Sonntag, die Arbeitswoche beginnt.

Bevor Felix in den Büroturm neben dem Hotel gegangen ist, hat er mir einen Latte Macchiato und ein Schokocroissant nach oben gebracht. Ich sitze auf der Chaiselongue und schaue nach draußen, noch nie habe ich eine solche Aussicht vor einem meiner Fenster gehabt. Am linken Rand kann man die Wüste sehen, rechts das Meer, dazwischen futuristisch anmutende Hochhäuser, weit unten mitten in der Stadt eine fünfspurige Autobahn.

Nur wenig habe ich geschrieben, unbeholfene Sätze, die sich anhören wie das Tagebuch eines Kindes. Angekommen in Dubai, wir waren in einer Shopping Mall mit Aquarium und Wasserspielen neben dem Turm, den der Scheich in den Himmel bauen ließ.

Abends waren wir im Level 43, der Roof Top Bar, die noch höher liegt als das Hotelzimmer, der Ausblick ist noch spektakulärer, wenn die Sonne untergeht und die Stadt unter dem schwarzen Himmel zu leuchten beginnt, als ob ein anderes Leben möglich ist in dieser fremden Welt, in der ein Zeitungsartikel den Scheich feiert, weil er Unternehmerinnen fördern will. Man muss nur ein wenig Geduld haben mit dieser Zeitung, die ersten Zeilen sind mit den Titeln von His Highness gefüllt. Der Scheich will ein modernes Dubai, und doch wurde hier vor kurzem eine Norwegerin verurteilt, weil sie vergewaltigt worden war, weil sie unerlaubten Sex hatte, es geht um den Akt, nicht darum, ob er gewollt war oder erzwungen.

Ich lege die Zeitung zur Seite, nehme Karl Mays *Durch die Wüste* in die Hand. Ich wusste nicht mehr, dass die Geschichte nicht am Golf beginnt, sondern in Nordafrika, mit einem Mord. Ein Franzose wird in der Wüste getötet, Kara Ben Nemsi folgt den beiden Tätern, will Gerechtigkeit für den Toten, Unterhaltung ohne Mord scheint nicht möglich zu sein. Vieles hatte ich vergessen, das Setting, die Handlung, an anderes kann ich mich erinnern, das Gekabbel zwischen Kara Ben Nemsi und Hadschi Halef Omar, der lange Name des Dieners, der sich Hadschi nennt, obwohl er nie in Mekka war, der Effendi aus Sachsen, der Spuren lesen kann im Wüstensand. Ich mag die Geschichte nicht mehr, muss mich anstrengen, um zu verstehen, warum das Kind sie gelesen hat, wieder und wieder.

Sonntags bekomme ich keine Mails, auch heute nicht, der Laptop bleibt zugeklappt, das Handy lasse ich im Hotelzimmer, gehe ins gut gekühlte Gym. Ich bin dort allein am späten Vormittag, kämpfe an gegen Fettpolster, das ist zu Hause zu kurz gekommen in letzter Zeit. Die anderen Hotelgäste arbeiten oder shoppen, jetzt aber kommen die ersten zurück, nehmen sich eine Liege am Pool im siebten Stock. Von der Brüstung aus sieht man das Meer, von hier aus scheint es näher zu sein als vom Zimmer. Unter uns liegt ein riesiger, leerer Parkplatz. Gestern haben dort Inder Cricket gespielt. Das tun sie auch, wenn es noch heißer ist, hat Felix gesagt, suchen ein Stück Heimat in einer fremden Welt.

Die Biographie über Ingeborg Bachmann passt nicht zur Lounge-Musik, zum Pool, dessen Kacheln das Wasser blau wirken lassen. Sie gehört nach Rom, in eine andere Wärme, in ein anderes Blau, eine fragile Persönlichkeit, so ist sie überliefert. Tatsächlich ging sie entschlossen ihren Weg, sagt die Biographin, bis Tabletten die Sinne, das Bewusstsein vernebelten. Ihre Identifikation mit Paul

Celan grenze an Anmaßung, hat die Biographin in einem Zeitungsinterview gesagt. Man könne nicht als Tochter eines ehemaligen Wehrmachtssoldaten und NSDAP-Mitglieds mit dem eigenen Vater nicht über diese Vergangenheit sprechen und dieses Nicht-Sprechen dadurch kompensieren, dass man sich in Paul Celan, in den Juden aus Czernowitz einfühlt, der die Eltern im Holocaust verloren hat und selbst in einem rumänischen Arbeitslager war.

Vielleicht ist es auch anmaßend, dass ich immer wieder zu den beiden zurückkehre, schreiben möchte wie sie, auch wenn ich weiß, dass es nie gelingen wird.

Kinder springen ins Wasser, zwei Mädchen und ein Junge, kreischen, lachen, die beiden Mütter haben sich Drinks an der Bar geholt, sprechen Französisch nur ein kleines Stück entfernt.

„Du lässt es dir also gut gehen." Felix zieht die Liege neben mir näher heran. Ich erzähle von den Büchern, die ich lese. Er erzählt von seinem Tag im Büro, dem englischen Stimmengewirr, von Arabern, Indern, Europäern, dem Kohlekraftwerk, für das der Scheich sich interessiert, weil er Strom braucht für sein modernes Dubai, die Sonne aber nachts nicht scheint.

Das Sandmeer ist still, nichts bewegt sich, nur eine fahle Sonne geht langsam unter. Mitten in der Wüste steht eine Holzbank für Touristen. Hinter uns liegt das Camp, in dem schon Dutzende auf das Abendessen warten, das angekündigt ist, authentisch soll es sein, Dinner unter sternenfunkelndem Wüstenhimmel. Noch aber reiten Touristen auf Kamelen, rutschen auf Plastikschüsseln Sanddünen hinunter. Allein haben wir uns nicht in die Wüste getraut, haben nichts anderes gefunden als Dune Bashing, haben eine Tour gebucht zum Abschied.

Bevor es vom Asphalt in den Sand ging, hielten wir an einer Raststation. An der Stadtgrenze von Dubai erschien eine andere Welt, sichtbare Armut nach Glitzer und Luxus. Männer versuchten, Touristenartikel zu verkaufen, Schirmmützen, Sonnencreme. Wir brauchten nichts, ich habe nur eine kalte Cola gekauft, einen Kühlschrank gab es, der auf Hochtouren lief.

Der nächste Stopp war schon mitten im Sand. Sieben Jeeps sollten sich dort treffen. Wir stiegen aus, machten Fotos, warteten, bis alle da waren. Dann zog die Karawane los, heizte in einer Reihe über die Sanddünen. Unser Fahrer ist Pakistani, stolz auf seine Fahrkünste, stolz darauf, zu der Fahrercommunity dazuzugehören. Mit seinem Jeep ist er in der Reihe geblieben, immer neue Sanddünen hoch- und heruntergerast. Unterwegs haben wir zwei Männer mit Kamelen gesehen. Sonst schien die Wüste leer zu sein, durchzogen nur von wildgewordenen Autos.

Morgen werde ich zurückfliegen. Jetzt sitzen wir auf einer Holzbank in der Wüste, schauen der Sonne zu, wie sie untergeht. Auch Felix' Zeit in Dubai wird bald vorbei sein. Das nächste Mal werden wir uns sehen, wenn ich ihn vom Flughafen abhole.

Viel lieber würde ich mit ihm losziehen mit neuen Pässen und anderen Namen, mich durch die Welt treiben lassen, der Sonne zusehen, wie sie auf- und wie sie untergeht, Nocturnes von Chopin hören, lesen, Tagebücher füllen mit dem, was wir gesehen haben, darüber nachdenken, wie Menschen leben, warum wir die Jahre, die wir haben, mit dem verbringen, was wir gelernt haben, für wichtig zu halten, was das soll, dieses Leben für ein paar Jahre, und dann ist es vorbei.

21

Bevor Dubai Erinnerung wurde, gab es ein kleines Geschenk, ein Upgrade für die Business Class, als ob jemand meine Klage über die Enge im Flugzeug gehört hätte. Reinhard Mey sang sein Lied in meinem Kopf, dieses Mal passte es besser. Jetzt hocke ich wieder unten mit dem Graureiher und den Krähen, trinke Tee, schaue aus dem Fenster, alles ist wie immer, am Himmel formieren sich Flugzeuge zur Landung.

Reinhard Mey war mit einer kleinen Maschine unterwegs, allein über den Wolken. Ich weiß nicht, ob man leicht vom Radar verschwinden kann, wenn man fliegt. Mit einem Segelboot wäre es sicherlich leichter. In der Wüstenstadt habe ich nicht daran gedacht, in der Nähe der holländischen Grenze ist diese Möglichkeit mit einem Mal wieder im Kopf. Man löst die Leinen, tuckert mit Motorkraft aus dem Hafen, setzt die Segel, folgt der Küstenlinie nach Norden, gleitet durch die kurzen Ijsselmeer-Wellen bis zur Schleuse. Man holt die Segel ein, schaut dem Schleusenwärter zu, der seiner ruhigen Arbeit nachgeht, wartet darauf, dass das Wasser steigt, lässt die Schleuse hinter sich und das Ijsselmeer, folgt dem Fahrwasser, das eine Weile an der Küste vorbeiführt, bevor es zu den Inseln geht. Man fährt an Terschelling vorbei, biegt nach Backbord ab, noch einmal birgt man die Segel, steuert unter Motor gegen Wellen und Strömung, gelangt in ruhiges Wasser, sucht sich einen Hafenplatz für die Nacht, bestellt Tee und Pfannkuchen in Vlielands Pfannkuchenhaus. Man übernachtet in Stille, nur manchmal lässt der Wind die Wanten eines Schiffs im Hafen klappern.

Am nächsten Morgen löst man die Leinen, fährt auf die Nordsee, segelt Richtung Nord-Westen, hat den Atlantik im Sinn, fährt so weit, wie ich noch nie gekommen bin. Der Wind wird stärker, die Wellen werden höher. Es macht nichts, dass er kalt ist, du bist dort, wo du sein willst, holst das Vorsegel dichter, kommst noch höher ran an den Wind. Das Schiff krängt, gleitet aber ruhig durch die Wellen. Du hältst das Steuer in der Hand, der Wind bleibt konstant und füllt die Segel, du hast den Horizont im Blick, die Linie, an der Himmel und Wasser eins werden. Oder du fährst nach Norden, überquerst den Kanal, nimmst den Weg über die Themse, stattest London einen Besuch ab, um dann die Küstenlinie im Osten des Königreichs zu passieren, bevor der Atlantik an der Nordspitze Schottlands sich ausbreitet, nach Westen lockt, und jetzt endlich verschwindest du in der Weite des Meeres.

Ich hätte länger bleiben können in Dubai und bin doch zu Hause am Schreibtisch. Für heute habe ich mein Pensum geschrieben, warte am Rhein auf Undine, neben mir liegt eine schwarze Rose auf der Bank. Ich werde den Artikel nicht los, den ich gelesen habe. Er erzählt die Geschichte einer Frau, die vom Vater missbraucht wurde, kein Journalist kommt aus ohne dieses Wort. Als die Tochter älter wurde, schickte der Vater sie zur Fahrschule, sie sollte die Führerscheinprüfung absolvieren, ihn ins Grüne fahren, damit er weitermachen konnte mit dem, was er wollte. Sie tat, was er sagte, wehrte sich nicht, setzte sich ins Auto, sagte niemals nein. Das ist die Realität, nicht die Rachefurie, die der Krimiautor sich ausgedacht hat. Erst als die Tochter vierundvierzig war, wurde sie beim Stehlen erwischt, einen Lippenstift hatte sie eingesteckt, ausgerechnet einen Lippenstift. Sie hatte Glück, traf auf eine Sozialarbeiterin, die ihr zuhörte, und jetzt erst, mit ihrer Hilfe, konnte die Tochter sich vom Vater lösen.

Die Journalistin, die ihre Geschichte recherchiert hat, bemüht sich darum, behutsam mit der anderen umzugehen, sie nicht vorzuführen. Es gelingt ihr nicht, die Defizite springen dem Leser ins Auge. Wie kann man nur so blöd sein?, diese Frage stellt sich bei jedem Absatz, wenn die Journalistin erzählt, wie die junge Frau den Führerschein macht, längst erwachsen ist, immer noch den Vater ins Grüne fährt. Die eigentliche Geschichte erzählt sie nicht, versteht sie nicht, die Geschichte einer Unterwerfung, die Geschichte von Angst und Abrichtung. Das funktioniert gut, wenn man früh genug anfängt, seine Absichten mit Nachdruck vertritt, Kinder sind formbar. Die Journalistin aber sieht keinen Sinn darin, dass eine Erwachsene tut, was der Vater sagt, bei der eigenen Folter mitspielt, den Ausweg nicht findet, auch wenn die Tür des Käfigs offen steht.

Der Sandstrand am anderen Rheinufer ist leer, die Bäume und Sträucher, die ihn umgeben, sind noch grün, wie in Dubai sind keine Wolken am Himmel. Die Oberfläche des Rheins ist leicht gekräuselt, glitzert in der Sonne. Undine lässt sich in der Strömung treiben, schaut zum Grund, wie immer, doch dann sieht sie mich an. So lange begleitet sie mich schon, aber ich kenne sie nicht, bin mir nicht sicher, ob ich ihren Blick richtig deute. Vielleicht wünsche ich mir, dass sie mich anschaut, und ihr Blick ist etwas wie eine Fata Morgana. Vielleicht gilt er aber auch dem Aufnahmegerät, das ich in der Tasche hatte, als ich Lisas Familie getroffen habe, aufgerüstet mit einem Mikrophon, versteckt in der Jackentasche, doch die Tonqualität ist gut.

Es ist nichts zu hören, was als Beweis dienen kann, Lisas Bruder hat nichts zugegeben. Ich habe überlegt, die Aufnahme zu löschen, weil sie keine Bedeutung hat. Heute habe ich das Gerät wieder in die Hand genommen, habe die Audiodatei nicht gelöscht, sondern auf dem Laptop gespeichert.

Was soll das Theater mit Undine?, fragt die Stimme im Kopf. In Dubai war sie still, jetzt redet sie wieder.

Ich habe keine Ahnung, was es soll, weiß selbst, dass sie eine Fantasiegestalt ist, und doch sehe ich Undine im Wasser treiben, das Wesen mit den langen Haaren, das mich fast mein ganzes Leben lang begleitet, länger noch als die Stimme im Kopf. Sie hat sich eingeschlichen erst in der Dornröschenstadt, wurde zur Stimme der Mutter, zur Stimme des Vaters, als sie endlich weit weg waren.

Es ist ein seltsames Ensemble im Kopf, Figuren, die auftauchen und verschwinden, wie sie wollen, Undine, der Trommler, der Feuerteufel, die Stimme, die auf mich einredet, Kinder, die durch den Kopf irren, ein ertrunkenes Kind und ein anderes, das nur ein Schemen zu sein scheint, das tut, was man ihm sagt, fast unsichtbar ist, unauffällig.

Undine war da, bevor ich Ingeborg Bachmanns Texte gelesen habe. Ihre Undine ist nicht meine, natürlich nicht, ich weiß nicht, woher ich ihren Namen habe. Bachmanns Texte gab es nicht in der Dorfbücherei, das Kind kannte niemanden, der sich für sie interessiert hat, war selbst zu jung für das, was sie geschrieben hat. Fouquets *Undine* gab es auch nicht in der kleinen Bücherei. Vielleicht hat das Kind dort einen Band mit Märchen und Sagen gefunden, haben die männermordenden Wasserwesen es fasziniert, auch wenn meine Undine in Ketten gelegt ist, zum Grund schaut, während sie durchs Wasser treibt, niemals auftaucht, und Männer mordet sie auch nicht.

Natürlich, die Gestalten im Kopf sind Fantasiegeburten, das Kind muss sie geschaffen haben, auch wenn es sich dessen nicht bewusst war. Die Stimme ist entstanden, weil eines der Kinder, das im Kopf herumirrt, die Verbindung zu den Eltern nicht trennen wollte, bis heute nicht trennen will, sagt der Therapeut. Er behauptet es nicht, fügt ein Fragezeichen hinzu, wie immer, das macht es nicht besser.

Undine kam sehr viel früher zur Welt, ist im Kopf, seit das Kind in der Badewanne starb, auch wenn sie erst später ihre Gestalt fand. Aus dem Tod wurde ein Wasserwesen, später kam der Trommler, der Feuerteufel dazu, im Krimi würde er zur Rachefurie werden. Ich bin die Hülle, die alle Todesarten überlebt hat, die das Ensemble im Kopf mit sich herumschleppt, ihnen ein normales Leben, einen Alltag abzutrotzen sucht, den sie aber boykottieren. Immer wieder fluten sie den Kopf mit Vergangenheit, fordern Vergeltung, Gerechtigkeit, während die Stimme das ablehnt. Jeden Tag ziehen wir dieselben Schleifen, führen dieselben Diskussionen. Undine treibt durchs Wasser, der Trommler, der Feuerteufel taucht auf und verschwindet, Kinder irren durch den Kopf, die Stimme redet auf mich ein.

Den Analytiker suche ich auf, um die Übersicht im Kopf zu behalten, zu verstehen, wer spricht, versuche, die anderen im Zaum zu halten, will sie zum Teufel jagen, aber sie bleiben, bekämpfen einander, bekämpfen mich, als ob es sie noch geben würde, wenn ich nicht da wäre, die Hülle, die den ersten Tod überlebt hat und die folgenden auch, der Überlebenskünstler, das Chamäleon, das tut, was ihm gesagt wird, sich anpasst, unsichtbar bleibt, nicht gesehen werden darf um jeden Preis. Die Hülle, die weiterlebt, auch wenn sie nicht weiß, wofür.

Eine Joggerin läuft vorbei, dann kommt lange niemand. Es ist einsam hier, deshalb hat Lisa sich diese Bank ausgesucht. Jetzt aber nähert sich jemand, will nicht vorbeigehen, kommt direkt auf mich zu.

„Sind Sie auch wegen Lisa gekommen?", fragt sie. „Wegen der Rose habe ich gedacht, dass Sie ihretwegen am Tatort sind."

„Was wollen Sie? Sie sind keine Freundin von Lisa." Das ist doch mal ein verbindlicher Gesprächseinstieg, sagt die Stimme im Kopf. Du hast es schon immer verstanden, andere für dich einzunehmen.

„Ich schreibe über ihren Tod, über das, was bis jetzt bekannt ist. Jetzt erinnere ich mich, ich habe Sie auf Lisas Beerdigung gesehen."

„Was interessiert Sie daran?"

„Es ist ein außergewöhnlicher Fall. Eine Frau verschwindet, wird für tot gehalten, taucht nach Jahren wieder auf und wird dann tatsächlich ermordet. Unsere Leser wollen mehr darüber wissen, zumal sie in unserer Stadt gelebt hat." Sie ist von der Lokalpresse und gekommen, um sich vom Tatort inspirieren zu lassen.

„Sie waren mit Lisa befreundet." Das ist keine Frage, sondern eine Feststellung, die naheliegt, weil ich auf der Beerdigung war und jetzt mit einer Rose auf Lisas Bank sitze, dort, wo sie getötet wurde.

„Ich kannte sie", antworte ich. „Aber das geht Sie nichts an." Deine Manieren hast du tatsächlich zu Hause gelassen, sagt die Stimme im Kopf.

„Es ist ein außergewöhnlicher Fall. Die Öffentlichkeit interessiert sich für ihn." Immerhin hat sie nicht gesagt, dass die Öffentlichkeit ein Recht darauf hat, informiert zu werden.

Ganz jung ist die Reporterin nicht, vielleicht Mitte dreißig, keine Volontärin mehr. Sie ist schon oft nach draußen gegangen, hat Informationen eingeholt und ihre Artikel geschrieben. Mich hält sie wahrscheinlich für einen Glücksfall. Lisa hatte nur zu wenigen Menschen Kontakt, und jetzt sitze ich hier auf dem Präsentierteller.

„Können Sie mir etwas über Lisa erzählen?"

„Nein, kann ich nicht." Ich nehme die Rose in die Hand und stehe auf.

„Finden Sie nicht, dass die Öffentlichkeit darüber Bescheid wissen sollte? Solche Geschichten wie die von Lisa sind wichtig."

„Warum sollte die Öffentlichkeit über einen Mord Bescheid wissen?"

„Nicht nur über den Mord, sondern auch über das, was Lisa früher zugestoßen ist. Die Gründe dafür, dass sie untergetaucht ist." Sie hat in Zeitungsarchiven recherchiert. Sicherlich sucht sie die Sensation. Vielleicht will sie aber doch nicht nur Aufmerksamkeit erregen mit einem Artikel, der an der Oberfläche kratzt, sondern will ein bisschen mehr.

Träum weiter, sagt irgendjemand im Kopf.

„Eine Freundin von Lisa hat damals der Polizei mitgeteilt, was sie ihr erzählt hat. Es wurde ermittelt, aber es wurden keine Beweise dafür gefunden, dass der Stiefvater ihr etwas angetan hat. Als Lisas Freundin müssten Sie doch daran interessiert sein, dass die Wahrheit ans Licht kommt."

Ich bin daran interessiert, habe aber nur das, was Lisa mir erzählt hat, ihre Erinnerungen und meine Vermutungen. Mit der Presse werde ich sie nicht teilen.

„Soll die Öffentlichkeit nicht erfahren, was Lisa zugestoßen ist? Sind Sie ihr das nicht schuldig?"

Die Öffentlichkeit interessiert mich nicht, jedenfalls nicht so. Sie sollte informiert sein, das finde ich auch, aber nicht über Lisa, sondern über das Forum im Darknet, das von der Polizei gerade geschlossen wurde, ein Forum, in dem Gewaltvideos angeboten wurden von Männern, die Kinder benutzt und verkauft haben. Das muss die Öffentlichkeit wissen, darüber sollte die Reporterin schreiben, damit Geschichten wie die von Lisa geglaubt werden, damit niemand von vornherein sagt, das kann nicht sein, sie hat sich das ausgedacht, ein Mann wie ihr Stiefvater würde das nie tun. Es sind normale Männer, mit denen das Geschäft funktioniert, Männer, die vielen Regeln entsprechen, manchen aber nicht. Es geschieht tatsächlich, die Polizei hat Beweise gefunden und sichergestellt. Das sollte die Reporterin recherchieren.

„Über Lisas Gründe, abzutauchen, kann ich nichts sagen."

„Können Sie etwas über sie sagen? Unseren Lesern erzählen, wer sie war?"

Nein, das kann ich nicht.

„Darf ich ein Foto von Ihnen machen?"

Nein, auch das nicht, nicht von mir, nicht von der schwarzen Rose. Wahrscheinlich habe ich die Reporterin aber auf die Idee für ihren Artikel und für ein Foto gebracht, und wenn ich morgen die Lokalseiten aufschlage, werde ich es sehen: Lisas Bank mit schwarzer Rose. „Hier geschah es", so oder so ähnlich wird die Überschrift sein, und irgendwo im Text wird die Freundin erwähnt, die immer wieder zu der Bank am Rhein zurückkehrt und um Lisa trauert.

Für einen Moment habe ich etwas anderes gehofft, aber ihr Artikel wird nichts ändern. Ich habe der Reporterin nichts zu sagen, lasse sie hinter mir, gebe die schwarze Rose an einer anderen Stelle dem Rhein mit auf seinen Weg. Es macht nichts, es ist derselbe Fluss, der in dasselbe Meer fließt, bis nach Holland und dann hinaus auf die Nordsee.

22

Der Saal hinter der Buchhandlung hat sich schon gefüllt, ich finde einen der letzten freien Stühle am Rand. Vor allem Frauen sind gekommen, wie fast immer, einige habe ich schon öfter hier gesehen. Auf der Bühne überprüft der Buchhändler das Mikrofon, begrüßt die Autorin aus der Hauptstadt. Ihre kurzen Haare sind lässig gestylt, sie hat schon oft vor Publikum gesprochen, das merkt man. Jetzt reist sie durchs Land, um ihr neues Buch vorzustellen, in dem sie darüber nachdenkt, was Philosophen über Schuld geschrieben haben und über Vergeben. Der Buchhändler stellt sie vor, Studium der Philosophie, Promotion, ausgezeichnete Texte, Karriere als Buchautorin und Journalistin, klug, eloquent, medienaffin. Sie bedankt sich für die Einladung, freut sich, in der Geburtsstadt Heinrich Heines zu sein.

Die Lesung beginnt sie ordentlich mit den ersten Seiten, natürlich, womit sonst sollte sie beginnen als mit der persönlichen Einführung, dem Motiv, sich mit dem Thema, mit Vergebung zu befassen. Fast wirkt es wie die Einführung eines Ratgebers, die persönliche Beziehung des Autors, der Autorin muss gleich in den Blick kommen. Je tiefer sie verwickelt ist, desto besser, Authentizität ist ein hohes Gut.

Die Mutter ist schuldig geworden an der Autorin, ist einfach gegangen, hat ihr Kind beim Stiefvater gelassen mit der jüngeren Schwester, wollte weg von Mann und Kindern, um mit einem zusammenzuleben, den sie auch längst wieder aufgegeben hat.

Die Autorin ist nicht darüber hinweggekommen, dass die Mutter sie verlassen hat, als sie vierzehn war, hat eine Analytikerin aufgesucht. Die Mutter hat sie verletzt, ihr eine tiefe Störung zugefügt, die sie allein nicht beheben konnte, musste sich in der Psychologin einen Ersatz suchen, der ihr offensichtlich aber gut getan hat. Sie legt eine glänzende Karriere hin, ist selbst Mutter geworden, hat die Vergangenheit im Griff, führt die, die sie vermisst hat, als Rabenmutter vor. Ich lese ihr Buch als Anklage und Schuldspruch, die Strafe ist der Pranger, auch wenn die Autorin sich in manchen Passagen bemüht, die Mutter zu verstehen.

Es geht um Schuld und Mutterliebe, dieses Thema lese ich vor allem in dem Buch, die Verpflichtung von Frauen, ihr Leben dem Nachwuchs zu widmen, nicht gezwungenermaßen, sondern aus tiefer Liebe, Mütter, die alles dafür tun, dass die Kleinen sich gut entwickeln. Was aber ist, wenn eine Schwangere das nicht will, was ist, wenn eine Mutter keine Luft mehr zum Atmen hat, sich gefangen fühlt, einfach nur weg will? Oder wenn das Kind nicht so ist, wie sie sich das vorgestellt hat, ihr einen Strich durch die Lebensrechnung macht.

Meine Mutter hätte ihr Kind nie im Stich gelassen, dieses Bild hat sie von sich bis heute. Jeden Tag war sie da, hat Frühstück gemacht für Tochter und Sohn, aufgeräumt, das Haus in Ordnung gehalten, Wäsche gewaschen, gekocht, gebacken. Nie wäre sie auf die Idee gekommen, sich einen Job zu suchen, die Kinder sich selbst zu überlassen, zu einem anderen Mann zu gehen. Sie war eine gute Mutter, ging auf in Werbebotschaften, in der Ideologie ihrer Zeit.

Die Autorin spricht selbstsicher ins Mikrofon, erklärt ihr persönliches Motiv, dieses Buch zu schreiben, sich mit Schuld zu befassen, mit Vergebung, spricht über Hannah Arendt, Jacques Lacan, Friedrich Nietzsche. Wie immer dreht er eine Schleife in meinem Kopf, immer wenn ich seinen Namen höre, denke ich an *Zarathustra, Wenn du zum Weibe gehst, vergiss die Peitsche nicht,* sehe Nietzsche auf dem berühmten Foto, zusammen mit seinem Freund vor einen Karren gespannt, auf dem Lou Andreas-Salomé mit der Peitsche steht, die Frau, die ihn dann doch nicht wollte, und das alles schön in Szene gesetzt für den Fotografen, als ob der Philosoph den Satz doch nicht ernst gemeint hat oder anders.

Nicht nur in der Philosophiegeschichte hat die Autorin nach Reflexionen über Schuld und Vergebung geforscht. Sie hat auch Mörder im Gefängnis besucht, nachweislich Schuldige. Viel haben die Täter ihr nicht erklärt, haben bei der Stippvisite der Autorin nicht in der Schuldkiste gekramt, haben sich ihr nicht offenbart. Man erfährt wenig darüber, warum sie getötet haben, wie sie mit ihrer Schuld umgehen, ob sie sich überhaupt schuldig fühlen.

Es gibt noch einen weiteren Reporteransatz. Die Autorin hat mit einer Frau gesprochen, deren Tochter von einem Amokläufer getötet wurde. Die beiden verständigen sich über den Täter, über die Ursachen seiner Tat. Er hat gemordet, weil seine Mutter sich nicht um ihn gekümmert hat, spekuliert die Autorin, so verstehe ich sie. Sie weiß es nicht, trägt Indizien zusammen, denkt nicht darüber nach, warum sie, die von der Mutter verlassen wurde, sich zur erfolgreichen Autorin entwickelte, der andere aber, um den die Mutter sich ebenfalls nicht kümmerte, zum Amokläufer wurde, wenn es tatsächlich so war, dass sie ihn sich selbst überlassen hat.

Wer trägt die Schuld an seinem Leben? Und an meinem? Bin ich es selbst? Ist der Vater schuldig, weil er tat, was er nicht tun sollte? Schuldig im Sinn der Anklage, aber ist er auch verantwortlich? Vielleicht konnte, vielleicht kann er nicht anders, oder er fühlt sich nicht schuldig, weiß natürlich, dass man nicht tun darf, was er getan hat, weil die Gesellschaft das so beschlossen hat. Es ist ihm aber egal, wie vielen anderen auch, er will nur nicht überführt werden, das ist alles, was zählt.

Seit Jahren habe ich ihn nicht gesehen, nicht gesprochen, vermisse ihn nicht, spüre nur den Nachhall im Kopf, die Sehnsucht eines Kindes nach seinem Vater, die im Kopf versteckt ist, vergraben. Ohnmacht und Auslöschung, ist es das, worum es ging, Macht und Vernichtung? Kann man das vergeben? Wird man dann frei von dem anderen, verschwindet er endlich aus dem Kopf, hört auf, die Fäden eines Lebens zu ziehen, das ihn längst nichts mehr angeht?

Du bist schuld an meinem Krebs, hat die Mutter gesagt, das Leid, das ich ihr zugefügt habe, hat sich verdichtet in dem Knoten in ihrer Brust. Ich bin schuld, weil ich als Mädchen zur Welt kam, ihr den Mann wegnahm, über das reden wollte und schreiben, was geschah, die heilige Familie in Frage stellte, am Lack kratzen wollte.

Sie hat dagegen gewirkt, dem Kind beigebracht, die Klappe zu halten, nicht zu schreiben, unsichtbar zu sein, anwesend zu verschwinden, zu funktionieren, die Fassade aufrecht zu erhalten. Es kann nicht geschehen sein, worüber das Kind reden, worüber es schreiben wollte. Es ist nicht geschehen. Ich kann es ihr nicht einmal vorwerfen, hadere mit ihr lediglich in meinem Kopf, sage nichts, schreibe nicht, halte den Atem an, wenn ich nur an sie denke, kann sie nicht loslassen, will mit ihr reden, mich um sie kümmern, will es nicht, will die Fäden kappen, die mich mit ihr verbinden, aber sie sind immer noch da.

Ist Vergebung der Schlüssel? Man vergibt und lässt den anderen los, wird frei von ihm, von der Vergangenheit, kommt in der Gegenwart an, hat eine Zukunft. Es klingt so leicht, es sind drei Worte: Ich vergebe dir. Ein paar Buchstaben, ein bisschen gehauchte Luft, und doch verweigern sie sich. Ich kann diese Worte nicht sagen, nicht dem Vater, nicht der Mutter, die nichts getan, nur dafür gesorgt hat, dass nicht wahr wurde, was nicht sein durfte, den Schatten am Bett unter den Teppich gekehrt hat, dafür geistert er jetzt durch meinen Kopf.

Wie geht Vergebung? Ich sage, dass ich dem Vater vergebe, der Mutter, und schon ist alles gut, die Stimme im Kopf hat ein Einsehen und redet nicht mehr auf mich ein. Undine taucht auf, der Trommler, der Feuerteufel verschwindet, und ich bin frei.

Oder müssten die Eltern um Vergebung bitten, der Vater, die Mutter? Es sind nur vier Worte: Es tut mir leid. Das wird nie geschehen, ich weiß, sie können nicht für etwas um Vergebung bitten, was nicht passiert ist. Das habe ich nicht getan, hat der Vater gesagt. Wenn das wahr wäre, müsste ich mich umbringen, hat die Mutter gesagt.

Stockholm-Syndrom, ein schöner Name, der in den Norden verlegt, was im Kopf geschieht. Es hilft nicht viel, den Namen zu kennen, zu wissen, dass sich auch andere mit Tätern identifizieren, sie entschuldigen. Verstehen kann ich es nicht, würde lieber zur Rachefurie werden wie im Krimi, statt wieder und wieder denselben Schleifen im Kopf zu folgen.

Wenn ich über die Schuld der Eltern nachdenke, über das, was sie dem Kind angetan haben, was sie mir zumuten, läuft der Trommler, der Feuerteufel Amok im Kopf, für einen Moment, dann verschwindet er wieder, lässt mich allein mit dem sadistischen Über-Ich, noch so ein klingender Name. Wo Undine in diesen Momenten ist, weiß ich nicht. Die Hülle bleibt zurück, sie fühlt sich schuldig gegenüber der Mutter, sitzt still in dem Saal hinter der Buchhandlung, wird morgen ein paar Zeilen über eine Lesung schreiben, die gut besucht war, das Publikum hat seine Begeisterung in langem Applaus zum Ausdruck gebracht. Die Zeitungszeilen, die ich füllen soll, reichen nicht, um mehr als Belanglosigkeiten zu formulieren, Schuld und Sühne sind nicht die Themen des kleinen Artikels. Es bleibt auch kein Raum, mich mit dem zu befassen, was mir in dem Buch fehlt.

Du bist nur neidisch, sagt die Stimme im Kopf, weil die Autorin schreibt, du aber nicht.

23

Der Text über die Lesung ist geschrieben, ein freundlicher, belangloser Artikel, der ein bisschen Atmosphäre einfängt. Es geht um das Event, nicht darum, sich mit Schuld auseinanderzusetzen und mit Vergebung. Wofür braucht man die Kategorie der Schuld überhaupt, wenn so viele leben, was sie wollen, Assad, Erdoğan, Putin, Warlords in Afghanistan, die Anhänger des IS. Muammar al-Gaddafi wurde erschlagen, ist das gerecht? Marc Dutroux sitzt im Gefängnis, die toten Mädchen bringt das nicht zurück, hilft es denen, die überlebt haben? Jetzt versucht ein Buch, Anders Breivik nahezukommen. Was nützt es, wenn man ihn versteht?

So viele tun, was sie wollen, es scheint ein Prinzip der Evolution zu sein. Die einen vernichten ihre Gegner, sammeln Reichtum und Macht für sich und ihre Familien, zerstören, verhindern ein freies Leben. Andere kämpfen genau dafür, engagieren sich für Gerechtigkeit, geben den Opfern eine Stimme. Der Zweite Weltkrieg war kein Fanal, der die Welt für immer verändert hat, auch nicht der Holocaust. Die Evolution spielt weiter ihr Spiel mit den beiden Billardkugeln, Schuld und Sühne, schlägt sie mal hier- und mal dorthin, es gibt keine Entwicklung, nur Veränderung.

Über den Sinn von Schuld, über den Sinn dieser Idee hat die Autorin in ihrem Buch nicht geschrieben, habe ich mich in dem Artikel nicht auseinandergesetzt, mit dem Beharren der Täter, dass sie im Recht sind, Kim Jong-un, der ein ganzes Land abriegelt und mit Atombomben spielt, der bosnisch-kroatische General Praljak, der nach seiner Verurteilung den Richtern in Den Haag zuruft, dass er kein Kriegsverbrecher ist, und sich vergiftet. Nazi-Täter, die nicht zugeben wollten, was sie getan haben, schwiegen oder ihre Taten rechtfertigten. Warum entschuldigt mein Vater sich nicht? Weil er nichts getan hat und meine Erinnerungen Hirngespinste sind? Weil er die Schuld nicht ertragen kann? Oder empfindet er keine Schuld, akzeptiert diese Kategorie nicht, will nur in Ruhe gelassen werden? Es gilt das Recht des Stärkeren oder geschickte Verteidigungsstrategien. Adolf Eichmann wurde hingerichtet, der Buchhalter des Todes, Albert Speer dagegen nicht, der Stellvertreter des Führers.

Mein Vater plädiert auf nicht schuldig, für sich, meine Mutter plädiert auf schuldig, für mich. Sie haben Recht, flüstert die Stimme im Kopf.

Lisas Bruder hat angerufen und mir mitgeteilt, dass die Familie die ausstehende Miete für ihre Wohnung übernimmt und alles schon geregelt ist mit der Hausverwaltung. Die Kaution wird auf mein Konto überwiesen, mein Einverständnis hat er vorausgesetzt. Er war bestimmt und höflich, hat mir noch einmal angeboten, aus Lisas Wohnung mitzunehmen, was immer ich will. Der Rest geht an eine karitative Einrichtung, seine Sekretärin wickelt das ab.

Er bat mich um ein Treffen, um über die unsinnigen Vorwürfe zu sprechen. „Ich kann verstehen, dass Sie aufgewühlt sind", sagte er. Der gewaltsame Tod, der Schock, als ich die Tote gefunden habe, die gerade Ermordete, natürlich hinterlässt das Spuren. „Sie müssen uns aber ebenso verstehen. Auch wir haben einen Menschen verloren."

Ich habe mich mit ihm am Rhein verabredet, am Tatort. Ich weiß selbst, dass das dramatisch ist. Aber der Bruder hat zugestimmt.

Der Regen ist vorbeigezogen, der gestern den Tag in Grau hüllte. Es ist kühl geworden, der Himmel ist wieder blau mit weißen Wolken, die langsam vorbeiziehen. Ich habe eine schwarze Rose gekauft, bin zu früh, will erst einmal allein sein.

Die Rose bewegt sich auf den kleinen Wellen, als würde sie tanzen, zieht langsam mit der Strömung, vielleicht bis Duisburg, vielleicht zu den Niederrhein-Landschaften weiter nördlich, die Lisa mochte, die sanften Idyllen, nicht weit weg von den Ballungszentren und doch menschenleer. Vielleicht kommt die Rose bis Holland, schafft es bis auf die Nordsee.

Der Bruder ist pünktlich, er kennt ja den Weg. Das habe ich ihm am Telefon gesagt, danach war er still für einen Moment.

„Sie sitzen nicht auf der Bank", sagt er zur Begrüßung. Ich stehe am Ufer, mit dem Rücken zum Rhein.

„Auf der Bank ist es nicht ganz ungefährlich. Es kann sich jemand von hinten anschleichen, und bevor man sich versieht, ist die Kehle durchgeschnitten."

Er mustert mich, findet auch heute nichts, was ihn interessiert, keine angesagten Marken, kein auffälliger Schmuck, keine elegante Frisur.

„Aber da ich jetzt hier bin, können wir doch Platz nehmen, oder befürchten Sie immer noch etwas?"

Wir setzen uns auf Lisas Bank. Anschleichen kann er sich tatsächlich nicht mehr.

„Ich würde gern Ihr Telefon haben." Er hat es in meiner Hand gesehen, als er sich genähert hat. Ich hatte den gepflasterten Weg und die Wiese hinter der Bank im Blick, sah ihn schon von weitem, hatte den Arm gehoben, die typische Handy-Haltung eingenommen.

Ich zögere, diskutiere aber nicht und gebe ihm das Gerät.

„Wollen Sie mir erzählen, wer unter dieser Nummer zu erreichen ist, wer unser kleines Gespräch hier mithören sollte?"

Nein, das will ich nicht. Er notiert sich die Nummer, trennt die Verbindung, schaltet das Handy ab, legt es zwischen uns auf die Bank.

„Die Idee mit dem Telefon war ganz nett. Nur hätten Sie versuchen können, wenigstens etwas geschickter vorzugehen, wenn Sie wollen, dass ein Dritter unser Gespräch mithört."

„Sie wissen jetzt aber, dass jemand darüber informiert ist, dass wir uns hier treffen. Er weiß auch, dass Sie angekommen sind."

„Sie haben Angst vor mir." Er lächelt, offensichtlich macht ihm das Spaß.

„Ich fand es sinnvoll, mich abzusichern. Anders als Lisa war ich vorgewarnt."

„Ja, Lisa, dieses Mäuschen." Er schaut über den Rhein, als ob dort gleich eine Show beginnt, in der ein Mäuschen mit blonden Locken über den Wellen tanzt.

„Warum haben Sie Lisa das angetan?" Ich wollte Small Talk machen, mich langsam meinem Thema nähern. Aber ich kann es nicht.

Er blickt mich an, schaut wieder zum Rhein, wägt ab. Aber es ist so, wie ich gehofft hatte, ich bin kein Gegner für ihn, nur ein Niemand, der ihm nichts anhaben kann. Nicht einmal die kleine Nummer mit dem Telefon habe ich hinbekommen. Jetzt ist es abgeschaltet, kann ihm nicht mehr gefährlich werden.

„Sie glauben, dass ich sie getötet habe?"

„Ja, das glaube ich."

„Aber es gibt keine Beweise." Er lächelt wieder. „Warum hätte ich das tun sollen?"

„Sie hatten Angst, dass sie etwas in die Öffentlichkeit bringt, was Sie lieber verbergen wollen."

„Ich hatte keine Angst. Nicht vor Lisa." Seine Stimme klingt scharf. Allein die Erinnerung an die Schwester muss einen wunden Punkt berühren.

„Sie vermissen sie", sagt er nach einer Weile. Es klingt wie Anteilnahme. Er versucht aber nur, die Schärfe vergessen zu lassen.

„Sie war Ihre kleine Schwester." Worte sind nicht unschuldig, diese jedenfalls nicht. Sie tun ihre Wirkung, berühren etwas in ihm, was er sonst unter der Oberfläche lässt. Er wirkt, als ob er jeden Moment rot sehen könnte. Er ist gefährlich, Felix hat Recht. Ich hoffe, dass er mir die Geschichte mit dem Telefon abnimmt und glaubt, dass tatsächlich jemand am anderen Ende war und weiß, dass ich mich hier mit ihm treffe.

„Sie war Ihre kleine Schwester. Sie hätten sie beschützen sollen." Ich versuche es noch einmal. Es wirkt, die Worte berühren etwas, was er nicht leicht unter Kontrolle halten kann.

„Lisa, das liebe kleine Mädchen, sie hat alles bekommen, was sie wollte, jeder fand sie nett und niedlich. Ich musste sie nicht beschützen."

„Sie waren eifersüchtig." Lisas Bruder schaut mich scharf an, ich bin zu weit gegangen. Aber dann lacht er. „Sie wollen mich provozieren." Ich antworte nicht.

„Ich war nicht eifersüchtig, sie ist mir nur auf die Nerven gegangen. Alles hat sich immer nur um die liebe kleine Lisa gedreht."

„Und als Ihr Stiefvater sich noch mehr um sie gekümmert hat, waren Sie richtig wütend."

„Sie meinen das ernst." Er schaut mich an, als ob er in meinem Gesicht lesen will. „Ihnen ist das tatsächlich wichtig. Sie sind schon ein seltsamer Vogel." In seinem Lächeln zeigt sich jetzt etwas anderes. Überlegenheit. Triumph vielleicht. „Wenn es so gewesen sein sollte, dass unser Stiefvater sich sehr intensiv um Lisa gekümmert hätte, hätte mir das gefallen. Es wäre auf den ersten Blick Zuwendung gewesen, auf den zweiten aber ein wunderbarer Dämpfer. Endlich hätte ihr jemand ihre Grenzen aufgezeigt."

Er scheint verstanden zu haben, worum es geht. Es geht um die Lust an der Vernichtung. Aber bei ihm scheint es tatsächlich Eifersucht zu sein, das älteste Mordmotiv des Alten Testaments. Kain tötet Abel, weil er meint, dass Gott den Bruder ihm vorzieht. Und er wollte Lisa zum Schweigen bringen, wollte so dem Stiefvater gefallen.

„Sie wissen, dass das kein Schuldeingeständnis ist. Ich habe im Konjunktiv gesprochen."

„Das ist doch aber lange vorbei. Warum mussten Sie Lisa jetzt töten?"

„Ich habe sie nicht getötet. Wenn ich es aber getan hätte, dann deshalb, weil immer noch die Gefahr bestand, dass sie etwas sagen könnte. Sie hätte alles zerstören können, was wir aufgebaut haben."

„Sie hat jahrelang nichts gesagt, hätte es auch jetzt nicht getan. Sie wollte einfach nur ihre Ruhe haben."

„Bei Lisa konnte man das nie wissen. Sie war unberechenbar, seltsam, verrückt."

Ich will antworten, aber er kommt mir zuvor. „Sie müssen das nicht schön reden. Jemand, der abtaucht wie Lisa, muss verrückt sein. Sie hätte ein gutes Leben haben können, aber sie hat es vorgezogen, ein bisschen Geld mit Putzen zu verdienen und in einer winzigen Wohnung zu leben. Ohne Papiere konnte sie nicht mal das Land verlassen, hatte keine Versicherung, keine Rentenansprüche, nichts." Er lächelt, während er ihr Leben vor mir aufzählt. „Rentenansprüche braucht sie ja nun aber nicht mehr."

„Sie hätte niemals etwas gesagt."

„Da bin ich mir nicht so sicher. Sie war ein Miststück, und vielleicht hätte sie doch Lust bekommen, ein Interview zu geben oder ein Buch zu schreiben über ihr kleines Leben. Sie hätte alles zerstört, was wir uns aufgebaut haben." Seine Stimme klingt wieder scharf. Er ist wütender geworden, als er wollte. „Deshalb habe ich sie aber nicht getötet. Ich spreche im Konjunktiv."

„Es ging Ihnen nicht nur um die Öffentlichkeit. Als Lisa wieder aufgetaucht ist, hat sie Sie an Ihre Kindheit erinnert, daran, dass der große Bruder nur die zweite Geige gespielt hat, der Stiefvater nicht an Ihnen interessiert war."

Er lacht. „Ich könnte Sie gut im Gerichtssaal gebrauchen. Sie wirken so harmlos, lassen aber nicht locker. Warum auch nicht, es hört uns ja niemand zu. Ich habe mir ein Leben aufgebaut, das mir wichtig ist, bin Teilhaber einer Kanzlei, mit der man ordentlich Geld verdienen kann. Ich hätte das nicht riskieren wollen, nur weil unser Stiefvater ein bisschen Spaß mit Lisa hatte."

Er mustert mich, will wissen, ob er mich getroffen hat. Das hat er. Ich bekomme kaum noch Luft, mehr schaffe ich nicht. Ich stecke das Handy in die Jackentasche, nicht in die rechte mit dem Aufnahmegerät, sondern in die andere. Ein Geständnis habe ich nicht gehört. Vielleicht aber etwas, was die Polizei doch noch einmal nachdenklich stimmt.

24

Noch ist es dunkel, aber ich kann nicht mehr schlafen, die Zeitverschiebung macht sich bemerkbar. Schlimm ist es nicht, nicht in Manhattan. Im Hotelzimmer gibt es eine Kaffeemaschine, alles ist anders auf dieser Seite des Atlantiks, selbst Kaffee aus einer Kapsel schmeckt aufregend und verheißungsvoll. Im Dunkeln sitze ich am Fenster, trinke Kaffee, schaue auf die Stadt, die niemals schläft. Immer noch lebt sie von ihren alten Mythen, als Straßen noch nicht aufpoliert waren für Touristen. Ich bin eine von ihnen, kann nicht bleiben wie Hannah Arendt, die bleiben musste, schließlich aber ankam in der neuen Welt.

Vom vierten Stock aus sehe ich auf die nächste Hauswand und ein Stück vom Himmel, sehe zu, wie es allmählich hell wird, denke an Lisas Bruder. Die Aufnahme ist brauchbar, die Jacke hat den Ton nicht allzu sehr gedämpft. Lisas Bruder gesteht nichts, aber ich glaube, ich hoffe, dass die Polizei Stoff zum Nachdenken haben wird, wenn mein Anwalt die Audiodatei aushändigt, hoffe, dass sie den Bruder zumindest ein wenig in Schwierigkeiten bringt, den Stiefvater auch. Lisas Mutter wird sich als Opfer inszenieren, der Stiefvater wird von Missverständnissen sprechen, von einer Kampagne gegen ihn, die schon begann, als Lisa verschwand. Er hat es gut gemeint mit den Kindern seiner Frau, hat diese Anschuldigungen und Verleumdungen nicht verdient.

Der Bruder wird sich herausreden, die Gesprächsaufnahmen werden trotzdem lästig sein. Er wird sich ärgern, dass er mir auf den Leim gegangen, nicht einmal auf die

Idee gekommen ist, dass das Handy nur ein Ablenkungsmanöver war, dass ich ein Telefon angerufen habe, das auf meinem Schreibtisch lag. Mit einem Aufnahmegerät in meiner Jackentasche hat er nicht gerechnet, nicht bei jemandem wie mir, einer Frau, die ihm in keiner Hinsicht das Wasser reichen kann.

Ich bin mir immer noch nicht darüber im Klaren, worum es mir geht, drehe alles hin und her, Lisa, der Stiefvater, der Bruder, meine Suche nach Wahrheit, nach Gerechtigkeit. Für Lisa bedeutet sie nichts, ich kann sie dennoch nicht lassen, frage mich wieder und wieder, warum mir das wichtig ist, weiß es doch längst, Rache ist für die Lebenden. Offensichtlich glaube ich doch an sie, will den Bruder an den Pranger stellen und den Stiefvater. Undine dürfte zufrieden sein, der Trommler, der Feuerteufel. Ich bin es auch, es gefällt mir, dass Lisas Familie zumindest ein wenig aus dem Tritt gerät, der schöne Lack Kratzer abbekommt, und weiß doch, dass es auch um meine Familie geht. Ich laufe vor dem Vater davon und vor der Mutter, wie Lisa vor ihrer Familie geflohen ist, ziehe sie nicht zur Rechenschaft. Am Lack von Lisas Familie zu kratzen, ist leichter. Es ist ein Stellvertreterkrieg, ich weiß, aber besser als nichts.

In den Häuserschluchten rund um den Times Square ist nichts los, die Touristen schlafen noch, auch für die meisten New Yorker ist es zu früh, nur wenige Autos sind unterwegs. Der Asphalt ist über ein Land verlegt, das vor noch nicht langer Zeit Indianern gehörte, das UN-

Gebäude nicht weit von hier ist ein Mahnmal, das wenig ändert an der Gewalt, die in der Welt ist zu jeder Zeit.

Ich versuche mir vorzustellen, wie Manhattan früher war, als es noch nicht geputzt war für Touristen, denke an Uwe Johnson, der Gesine Cresspahl hierher schickte in einer anderen Zeit, seine *Jahrestage* zelebrierte, in Romanen der Vergangenheit begegnete. An den Trump Tower will ich nicht denken, nicht heute. Natürlich klappt das nicht, und ich denke gerade an den Trump Tower und den mächtigsten Mann der Welt, der sich damit gebrüstet hat, mit Frauen machen zu können, was er will, *Grab them by the Pussy*, und der von Frauen gewählt wurde, die sich dennoch zu ihm bekennen, *Women for Trump*. Ich denke an eine First Lady, die vor allem gut aussehen und die Klappe halten soll, an ein Kind, das vor allem Sohn ist und höchstens eine winzige Chance hat, er selbst zu sein.

Als ich am Hudson ankomme, ist es schon warm und schwül, auch wenn der Tag noch in den Startlöchern steckt. Mein Anwalt hat die Tonaufnahme der Polizei übergeben. Ich fühle mich feige und bin doch froh, weit weg zu sein. Ich werde mich all dem stellen müssen, Lisas Bruder, ihren Eltern, der Polizei, aber nicht heute.

Am Bug des Ausflugbootes atme ich den frischen Fahrtwind, sehe Lady Liberty näherkommen, sehe ihr Pathos, kann mich ihrem Versprechen nicht entziehen, auch wenn ich weiß, dass sie es oft gebrochen, so viele Migranten nicht aufgenommen, sondern zurückgeschickt hat in die schlechte alte Welt, dass es mit der Freiheit nicht weit her war in Amerika, nicht für Indianer und

Schwarze, und niemand weiß, wie es weitergehen wird mit Trump.

Ich schaue die vielen Meter nach oben bis zum Gesicht von Lady Liberty, zur Fackel, die sie entschlossen in den Himmel reckt, schaue zur Skyline von Manhattan, die immer noch ein anderes Leben verspricht. Das ist es, was auch ich in den Wolkenkratzern lese, in den Geschichten der Künstler und Literaten, die hier waren und sind. Man kann Vergangenheit hinter sich lassen, frei werden, frei sein, das ist es, woran ich glauben will.

Undine lässt sich im Hudson von der Strömung treiben, als ich nach Manhattan zurückkehre. Ich trinke die Skyline, drehe mich um zu Lady Liberty, werde wiederkommen, morgen schon, werde erneut die Skyline von Manhattan trinken. Jetzt aber gehe ich durch die vollen Straßen, der Tag läuft sich warm in New York.

Touristen strömen zum One World Trade Center, zum Times Square, zum MoMA. Ich bin unterwegs zum Café am Central Park. Gekühlte Luft kommt mir entgegen, als ich die Glastür öffne, und gedämpfte Lounge-Musik. New Yorker sitzen an den Tischen und lesen die New York Times, die Donald Trump nicht mag.

Seinen Platz darf man sich aussuchen. Ich sitze am Fenster, schaue über die Straße zum Central Park, bestelle einen Café Latte, schüttle ein Tütchen mit Sweetener über dem Glas aus, rühre um, trinke einen Schluck.

Ich öffne das Heft, das ich mitgebracht habe, nehme den Füller in die Hand, den schwarzen Füller mit lavendelfarbener Tinte, schraube die Kappe ab, beginne mit dem Tagebuch des Kindes, schreibe Buchstaben, Worte, Sätze. Das Tagebuch werde ich hier beenden, ich bin mir sicher. Ich weiß nicht, ob es etwas ändern wird, ich tue es dennoch.

Nach dem Studium der Philosophie und Literaturwissenschaft war Sophie Bernbach als Redakteurin für Literatur- und Wissenschaftsmagazine in Deutschland und der Schweiz tätig. Heute lebt sie im Rheinland und arbeitet als freie Journalistin mit den Schwerpunkten Literatur und Wissenschaftskommunikation.

Zeitfracht Medien GmbH
Ferdinand-Jühlke-Straße 7
99095 Erfurt, Deutschland
produktsicherheit@kolibri360.de